AF400200

Derrière la photo…

Un clic de vie !

Hélène Hinojo-Martinez

Édition : BoD · Books on Demand,
31 avenue Saint-Rémy, 57600 Forbach, bod@bod.fr

Impression : Libri Plureos GmbH, Friedensallee 273,
22763 Hambourg (Allemagne)

Couverture : Agnès Brown
Crédit photo : Dominique Guirauton

ISBN : 978-2-3225-2451-8

Dépôt légal : Juin 2024

À toutes celles et ceux qui reconnaîtront ces clichés, vous faites partie de mon album souvenir.
À ceux qui reconnaîtront dans l'album de leur vie les mêmes photos.

Encore un soir, Céline Dion

Une photo, une date,
c'est à n'y pas croire
C'était pourtant hier,
mentirait ma mémoire ?
Et ces visages d'enfants, et le mien dans ce miroir.

Sait-on vraiment regarder une photo ? Lit-on d'un simple coup d'œil l'histoire qui se cache derrière les visages souriants ou non du cliché ? Réussirait-on à sentir dans les regards qui fixent l'objectif ou qui le fuient les émotions du Moment avec un M majuscule ?

N'y-a-t-il pas des photos qui nous marquent à vie, dont on n'a oublié ni l'avant ni l'après ? N'y-a-t-il pas des instants qu'on redécouvre, des photos qu'on avait oubliées, compilées dans un album, ensevelies dans une galerie de téléphone portable ou dans un dossier de disque dur ?

À l'ère du numérique se souvient-on encore de l'argentique et de ses sensations ? Se rappelle-t-on la pellicule qu'on amenait le cœur battant chez le photographe en espérant qu'il pourrait développer toutes les images, qu'elles ne seront ni floues ni ratées… A-t-on encore en tête la sensation de la pellicule déchirée à cause d'un tour de manivelle en trop ? Cette sensation d'avoir perdu les souvenirs qu'elle contenait et d'en garder d'autres simplement par la force de la mémoire, juste le temps qu'elle le permettra…

N'a-t-on pas relégué le photomaton au seul besoin administratif alors qu'il permettait au siècle dernier, dans chaque gare ou centre commercial, d'immortaliser une amitié, un amour ou un bon moment… ? Se souvient-on que l'ancêtre du filtre, c'est cette bonne vieille cabine au tabouret tournant ?

N'a-t-on pas aussi gardé des mauvais moments sur papier alors que notre mémoire aurait voulu l'oublier… Ne sommes-nous pas aussi heureux de la magie de retomber sur des bons moments dont on a profité et qu'on a oubliés mais qui reviennent car conservés par un clic ? Des visages, des histoires, des amours, des deuils se cachent souvent derrière une photo… Mais les personnages du cliché sont-ils aussi heureux qu'ils veulent le faire croire ?

Peut-on raconter une histoire à partir d'une photo ? Mais chacun n'aurait-il pas sa propre version ?

Est-ce qu'aujourd'hui, à l'ère du paraître, de la prise de photos de masse, du partage non-stop de moments intimes sur les réseaux sociaux, les photos ont la même valeur que celles de l'époque de nos aïeux qui s'endimanchaient lors d'un évènement important pour le rendre éternel ? Vous savez, ces photos écornées, jaunies qu'on retrouvera dans de vieilles malles. Ces photos au cœur desquelles l'on cherchera l'air de famille, la ressemblance avec un arrière-grand-père ou un vieil oncle…

Si les personnages pouvaient parler, raconter ce qu'ils ressentent, ce qu'ils espèrent vraiment, ça vous dirait ?

Nos vies sont une succession d'albums souvenirs, de photos encadrées, d'évènements figés sur papier. À travers ces instants, nos chemins se tracent, se croisent, s'évitent, se rejoignent ou se séparent… Je vous invite à ce voyage à travers des photos… Des courtes nouvelles racontant des sentiments, des émotions, des histoires de capture du temps ou de secrets.

Ne pas se fier aux apparences… Vous ne pourrez plus regarder les photos sans vous raconter de grandes aventures. C'est le risque de développer cette hyper-sensibilité dans la chambre noire de votre cœur ! Exposez-vous donc à ce danger pour révéler et fixer des souvenirs différemment : voir la vie avec un œil bienveillant pour créer une autre voie… Aiguisez votre regard, vivez, vibrez, riez, pleurez, bonne lecture !

Première photo

> *Là où je t'emmènerai*, Florent Pagny
>
> *C'est là que je t'emmènerai*
> *Sur ma route*
> *Pour te réchauffer (oui)*
> *Et te protéger.*

Toutes les mamans (et tous les papas) connaissent la première photo, celle de son enfant, ce petit être que l'on a porté dans son ventre, qu'on a imaginé pendant neuf mois, peut-être plus…

On la connaît cette photo des premiers instants qu'on a peut-être rapidement partagée comme une annonce de notre bonheur dans les heures suivant cette naissance…

Selon les époques, la photo est peut-être différente. Elle est en noir et blanc, en format réduit et carré, ou faite au polaroïd pour les plus anciens… On peut l'avoir prise avec un appareil photo jetable aux négatifs précieusement conservés ou capturée avec un appareil photo numérique. Pour les bébés de la deuxième décennie du vingt-et-unième siècle, cette photo restera sans doute sur un écran de smartphone dernier cri sans jamais être développée…

Oui, bien entendu qu'on se souvient de ce premier moment qu'on a voulu immortaliser, peut-être dans les minutes suivant l'accouchement, dans les bras d'une maman épuisée d'amour pour les plus téméraires. La tienne c'est celle à travers la couveuse d'une maternité : le cliché d'un bébé avec un joli (ou pas) petit bonnet et dormant les poings fermés…

Oui, tu la vois, la photo de cette petite fille si calme et qui t'a donné le plus beau rôle de la vie, celui de maman… Tu peux sans doute encore ressentir en regardant ce cliché toutes les angoisses et les bonheurs mélangés que ces « à peine trois kilos » ont pesé dès leur arrivée dans tes bras. Tu reconnais les peurs et les questions que tu te posais. Tu te revois la bercer, lui chanter des berceuses d'antan ou les chansons du moment… Tu entends donc les notes de cette chanson de Florent Pagny, en contemplant cette photo… Tu pourrais facilement pleurer en regardant ce bébé sur papier.

Cette photo, ce n'est bien sûr que la première d'une longue série.

Cette longue série de photos sera rangée de manières bien différentes aussi : classées dans des albums ou des dossiers numériques (sur un disque dur dédié) bien spécifiques pour chaque année et chaque occasion, souvent développées en double et envoyées, partagées aux proches, perdues au fil des téléphones cassés ou conservées juste parce qu'elles étaient sur un mur de réseaux sociaux… Peut-être que cette longue série ne sera pas tirée sur papier et ce n'est pas important car elle sera dans les souvenirs quand même…

Cette première photo te fait donc défiler les autres : les premières sorties, le premier Noël, la première dent, les lendemains de nuits difficiles, les premières maladies, le premier anniversaire, les premiers bobos qui ont peut-être laissé des cicatrices, les premiers bandages ou plâtres, les premières vacances et baignades, les fêtes de famille, l'entrée en maternelle, les photos de classe, les galas de danse, carnavals et autres… Bref, cette première photo provoque le défilement de toutes les autres, prises au fil des années sur la pellicule de ta mémoire, les grands et les petits bonheurs !

Tu vois aussi cette photo où ce bébé tient dans les bras son petit frère. Lui aussi a ses propres albums et le défilement d'images bien à lui ou partagées.

Les souvenirs sont presque les mêmes et un peu différents pour chacun de tes enfants… Mais aucun n'est plus essentiel : ils ont tous leur capital mémorable !

Il y a un jour où ils reprendront leur droit à l'image et ce sera un nouveau tournant, tu ne pourras plus partager leur visage comme tu le sens. C'est aussi là que tu garderas l'image de ce bébé silencieux au fond de toi qui grandit et qui sait exprimer sa personnalité. Tu sais alors que tu as réussi ton plus bel ouvrage car si pour toi, il restera toujours ce nourrisson, il faut accepter de le laisser s'envoler.

Dans cette photo, il y a de la gratitude aussi car tu connais l'histoire d'autres mamans qui n'ont pas vu grandir leur nouveau-né ou qui se sont battues pour le garder en bonne santé : tu as cette chance que ce bébé ait toujours été d'une bonne constitution. Même si certains te mettaient en garde de trop la choyer, la gâter, l'écouter. Aujourd'hui, tu hausses les épaules en étant fière des principes que tu lui as inculqués !

Cette première photo est donc celle qui est gravée dans ton cœur de maman : même s'il grandit, ce bébé restera ce petit être dont tu es responsable et auquel tu dois toute ton attention…

Tu vois ce bébé encore quand tu vas la chercher à trois heures du matin après sa première soirée…

Quel que soit le nombre d'enfants que tu as eus, cette photo est la première et elle t'a aussi vu naître, une maman-enfant qui grandit au rythme des tempêtes, du vent et des accalmies de la vie… Tu vois toujours ce bébé à chaque nouvelle étape de sa vie : examen, code et permis, jobs d'été, voyages scolaires, sorties, nouveaux amis, disputes, rires et colères, premières vacances sans toi, premier appartement, rentrée universitaire et tant de nouveaux évènements…

Bien sûr que ce bébé grandit et que tu lui fais confiance : ce bébé saura faire face à la vie, toujours guidé et soutenu par ton amour. Tu devras souvent prendre sur toi pour contrer les inquiétudes mais tu apprends toujours, chaque jour.

Cette première photo, c'est une première, c'est le début d'une longue pellicule qui, telle une longue montagne russe, monte et descend de ton cœur à ton ventre, provoquant en toi les émotions les plus fortes d'une vie, la vie…

Photo capturée et sentiments libérés

<u>Bonjour Monsieur le maître d'école,</u> Bourvil

> *C'était pendant le dernier cours*
> *Dernier bagage*
> *Quand j'ai senti posée sur moi*
> *Votre main qui m'disait tout bas*
> *Fais bon voyage.*

Cette photo est tirée d'un journal quotidien régional, une édition locale. Elle a été prise par une correspondante à laquelle personne ne prête attention sur le moment, comme si elle était invisible… Elle a l'habitude, elle sait capter le moment qui illustrera le mieux son article. Le clic est rapide et parfait pour immortaliser et couvrir l'évènement : la remise d'un cadeau à tous les CM2 de la commune avant leur passage en sixième. Un évènement habituel, sans plus d'importance particulière… Au-delà de l'image capturée, cette photo représente pourtant tellement pour les deux personnages…

Une salle de mariage dans une mairie, à l'arrière-plan, les élus sans qui ce moment n'existerait pas et au premier plan, une enseignante qui remet ce présent à l'un de ses jeunes élèves. Moment présent justement… Entend-on les sentiments ? Le cœur qui cogne ou les larmes d'émotion qui coulent à l'intérieur ? Ressent-on la chaleur étouffante du moment ?

Que voit-on ? Un regard bienveillant et encourageant de l'enseignante et l'air timide et reconnaissant de l'élève.

On n'entend pas la salle pleine, bruyante, remuante et prête à craquer. Tout a l'air minuté, le temps presse, les élus ont un autre évènement en suivant… Moment habituel, classique, une fin d'année comme les autres ? Vraiment ?

Cependant, arrêtons-nous un instant. Que se passe-t-il dans la tête de la maîtresse ? Elle se dit qu'on pensera peut-être qu'elle n'aurait pas dû venir, qu'elle est encore arrêtée et qu'elle n'a plus enseigné depuis les vacances de la Toussaint. Cet élève, elle ne l'a connu que deux mois et cet après-midi, il lui a dit qu'elle avait été sa « meilleure maîtresse ». Ça ne veut rien dire mais en même temps ça signifie tellement pour elle !

Des mots simples, une marque de reconnaissance, un réconfort, une transfusion de bonnes ondes après cette tempête qui l'avait mise à l'arrêt…

Arrêtée… On dit ainsi ! Arrêtée dans son élan après des vacances où elle avait préparé séances et séquences, arrêtée avec tous ses projets qu'elle avait en tête, arrêtée pour mieux revenir, elle l'espère encore… Cet après-midi-là, elle en avait profité pour venir faire un petit coucou aux élèves. Elles avaient senti les mêmes odeurs. Certaines choses avaient changé, d'autres étaient restées figées comme ces affiches de leçons toujours écornées ou ces mappemondes de courses à voile qu'elle n'avait pas suivies. Elle avait reconnu ces listes d'élèves dont personne n'avait plus besoin car c'était elle qui les avait écrites pour des activités qui étaient restées dans ses cahiers… Six mois. Les enfants avaient grandi et avaient retiré leurs masques : quelle joie de voir leur sourire !

Petit à petit, ils avaient parlé de ce qu'ils avaient fait cette année, de leur sortie de la veille et de leur journée au collège… Le plus curieux et inquiet a posé la question sur le malaise, sur ce qui lui était arrivé ce matin-là. Elle avait répondu avec ses mots pédagogues et détournés par l'humour de son tour en camion de pompier, de son opération et de sa chance d'avoir vite guéri... La plus pragmatique a parlé de l'acronyme A.V.C. Elle a utilisé la métaphore de la coupure de courant, du pouvoir immense du corps et de ce besoin de ralentir. Elle leur a dit qu'elle reviendrait à la rentrée prochaine et qu'ils retravailleraient ensemble...

Les CM2 avaient fait la moue, elle les avait consolés : ils allaient vers de nouvelles aventures ! Elle était repartie avec des dessins et des mots pleins de fautes d'orthographe mais reboostée comme après un shoot de vitamine C !

Certains sont venus la serrer dans leurs bras, lui parler dans un espace plus privé pour se rassurer les uns et les autres : par ces retrouvailles, ils balaient ses mois de rééducation, ses peurs, ses doutes, et eux, se réjouissent de la retrouver. Un simple moment qui l'a rassurée que sa place pouvait encore être ici ! S'assurer que cet arrêt était juste une mise entre parenthèses temporaire et qu'elle avait encore quelques mois pour se remettre, l'objectif était fixé et en vue : elle y parviendrait !

C'est porté par tous ces sentiments et envies qu'elle arrive à l'instant de la photo. Sa main gauche est encore maladroite alors elle est inquiète d'échapper la précieuse boîte sur laquelle on a dangereusement posé un sachet de friandises ! Elle ne sait pas si elle va réussir à la lâcher au bon moment. Réussira-t-elle un jour à retrouver la mobilité et la dextérité de sa main, c'est encore un peu trouble et incertain. Malgré le bruit et l'animation de la salle, elle sent des regards braqués sur elle. Elle respire, elle avance calmement, avec concentration vers ce petit garçon qui est pourtant plus intimidé qu'elle.

Pour lui, c'est une première. Elle, elle a l'habitude, comme tous les ans, elle partage ce moment. Chaque année, c'est une émotion particulière de voir s'envoler les CM2 et une évidence que malgré quelques larmes, c'est toujours un souvenir unique. Elle se devait d'être là... Elle lui sourit et lui tend le cadeau. À l'image de tout ce qu'elle n'a pas pu offrir cette année, elle lui offre sa présence aujourd'hui et ce présent payé par la municipalité… Mais elle ne voit pas de reproches ni de regrets dans ses yeux.

Ça la rassure et elle respire ce moment comme une bouffée d'oxygène. Elle ne sait pas encore qu'il est immortalisé par un clic, elle le découvrira plusieurs jours plus tard dans le journal alors pour l'instant, elle profite et garde cette sensation comme un trésor…

Le petit garçon a le cœur battant aussi. Il est content d'avoir une nouvelle tablette et aussi d'avoir revu son ancienne maîtresse, elle a l'air presque comme avant et elle est toujours aussi souriante et gentille.

Finalement, il est content d'avoir changé d'école, un peu plus à cause de la tablette que pour la maîtresse. Il faut le dire, c'est dommage qu'elle soit tombée malade, il aurait bien aimé l'avoir plus longtemps… Ça n'a pas été facile d'être le nouveau, de se faire des copains et il avait bien senti en septembre qu'elle avait fait attention à son accueil.

Ensuite, c'était différent, on ne savait plus trop qu'il était « le nouveau » : il y a eu beaucoup de changements avec tous ses remplaçants… Il a fallu s'adapter.

Mais tout ça ne va pas s'arrêter, il n'en est pas à sa dernière première fois ! Dans deux mois, un matin de septembre, il sera dans la cour du collège quasiment avec les mêmes élèves pour attendre l'appel des classes de sixième ! Il aura sans doute le même cœur battant comme celui de sa maman qui l'accompagnera : il sera alors un collégien avec un cahier de correspondance et un emploi du temps. Il faudra encore s'adapter à un nouveau rythme et de nouvelles têtes. Il pourra se faire aussi des nouveaux copains et quitter son statut de nouvel arrivé de région parisienne. Il ne sait pas ce que l'avenir lui réserve mais cette maîtresse le sait : il réussira très bien, elle n'en doute pas ! Tous les enfants, ses élèves, vont réussir, comme toujours, réussir à grandir et à s'adapter ! C'est dans l'ordre des choses ! Réussir à leur manière. Réussir à être heureux, elle espère au plus profond de son cœur de maîtresse. Une maîtresse en arrêt mais une maîtresse qui ne cesse pas d'espérer. Jamais.

Pour un futur collégien, c'est un tremplin vers une nouvelle histoire, un passage vers le monde des grands. Lui, oubliera ce moment-là et c'est bien normal… Il est moins important. Plus anecdotiques dans sa scolarité.

Si elle paraît anodine, cette photo est en fait le symbole pour une enseignante de ce retour furtif à sa vie professionnelle, à la prise de conscience du manque de cette année mais aussi de sa place : sa classe retrouvée… Une photo-médaille… Une photo pour les jours plus difficiles. Une photo émouvante de son histoire professionnelle et personnelle.

Photo cachée : un secret espagnol

Il est entré dans mon cœur
Une part de bonheur
Dont je connais la cause.

Seclin, Juillet 2022

Vivre depuis une dizaine de jours un véritable cauchemar, avoir l'impression de ne pas connaître sa mère, d'avoir été élevé par une inconnue… Peu à peu se rendre compte qu'il a perdu sa lumière, son phare mais en même temps se dire qu'il était peut-être passé à côté d'elle… Se demander comment il réussirait à dépasser, à accepter ce deuil dans le tourbillon de sa vie. Une vie dans laquelle il n'était déjà pas heureux, ne se sentait jamais à sa place et où finalement il n'avait plus beaucoup de personnes vers qui se tourner.

Avoir préparé l'enterrement en pilote automatique presque sans une larme… Après tout, sa mère si organisée avait déjà tout choisi : du cercueil aux textes qui seraient lus, sa tenue ainsi que la musique… Ne toujours pas comprendre pourquoi la chanson *Historia de un amor,*[1] chantée par Julio Iglesias, avait été choisie par sa mère pour sa sortie… La dernière comme un baisser de rideau pour l'amener dans l'autre monde…

Se retrouver là dans le jardin de Tante Mado depuis cinq minutes une enveloppe à la main, une simple enveloppe emplie de cartes postales et une photo déchirée, chiffonnée, recollée, ayant l'air d'avoir vécu mille vies… Entendre Mado dire : « *Va lire ça et reviens me voir…* »

La photo est datée de juillet 1982 et on y reconnaît bien la Sagrada Família. Reconnaître sa mère, oui et un autre homme… Plus jeune peut-être ou pas… Un autre homme qui l'enlace mais qui n'est pas son père, c'est sûr, trop brun... Un air de déjà-vu dans son regard… Barcelone, impossible, elle qui n'avait jamais quitté son nord natal… L'Espagne en plus, un pays qu'elle détestait !

---

[1] Chanson reprise à de multiples reprises. Celle de 1975 : version de Julio Iglesias.

Elle avait même refusé qu'il y parte en voyage scolaire au prétexte qu'il y faisait trop chaud ! Compter… Juillet 1982, neuf mois avant sa naissance…

Les cartes étaient adressées à sa tante et signées de sa mère.

S'asseoir sur un banc à l'ombre d'un tilleul et lire… Découvrir, plonger dans un passé secret… Une intimité entre deux sœurs… Son histoire… Peut-être, sûrement…

*

Cadaquès, 13 juillet

Ma Mado, tel le navigateur de ce timbre, je suis partie à l'aventure, je décide de suivre mon cœur, *mi corazon*[2]. J'ai quitté Collioure pour Cadaquès hier avec Pablo. Il est guitariste et il écrit ! Je l'ai rencontré au café du port, il jouait de la guitare pour gagner deux sous… Il descend en Andalousie pour un festival de musique et il m'a

---

[2] Mon cœur.

suppliée de le suivre… J'ai quelques économies, ne t'inquiète pas pour moi…

Ici, il fait bon vivre et se perdre dans les ruelles, c'est enivrant de siroter la sangria en regardant les vagues… Je t'écris vite, ne t'inquiète pas et n'en parle pas… Pas encore, je devais rester à Collioure jusqu'à la fin du mois, j'aviserai… Papa et maman ne comprendraient pas… Carpe Diem, me dit mon poète… Ta Mimi

*

Tossa De Mar,14 juillet

Ma Mado, pas de bal, ni de feux d'artifice ici mais encore une magnifique baie et un soleil, des cigales et le calme… S'endormir bercés par le bruit du clapotis et dévorer la vie… *« Las cosas grandes empiezan siendo pequeñas[3] »*. Je ne sais où cela me mènera mais j'en suis sûre, je vais être heureuse, je me sens si vivante … Ta Mimi

*

---

[3] Les grandes choses commencent par des petites.

Barcelone, 15 juillet

Ma Mado, « *encontrar tu media naranja[4]* », disent les gens d'ici. Rencontrer sa moitié, sa moitié d'orange, sa vitamine… Je suis si heureuse, ma sœur ! Nous nous arrêtons deux jours chez des amis de Pablo ici à Barcelone : la Sagrada Família, le parc Güell, les mosaïques, les maisons biscornues ! Tout est grandiose… Une photographe de rue nous a photographiés ce matin devant le monument inachevé de Gaudí. Elle nous a offert la photo car elle nous porterait « *Suerte[5]* » ! Notre première photo ! Ce pays est si beau ! Tu viendras m'y voir quand je serai installée dans les collines avec mon musicien ! Ta Mimi.

*

Peñiscola, 17 juillet

Ma Mado, « *Pienso en ti y sonrio[6]* », je pense à toi et je souris ! Tu vois j'apprends vite et toi aussi, il faudra que tu apprennes pour venir me voir !

---

[4] Trouver sa moitié.
[5] Chance
[6] Je pense à toi et je souris

Regarde ce superbe palais, on se croirait dans *Les Mille et une nuits*… Nous avons déambulé dans les ruelles en cherchant toujours plus à nous perdre…

Quel bonheur, je vis ! Je sais que tu ne seras pas d'accord, toi qui es si réfléchie… Mais je ne pense pas me tromper avec mon bel hidalgo… Le cinéma a tourné des films ici à Peñiscola : dans ce décor, je me crois dans un film, c'est comme dans un rêve ! À bientôt, ma Mado ! Ta Mimi.

*

Calpe,19 juillet

Toujours aussi chaud et heureuse. « *Vive a la loco*[7] » me répète mon poète… Ici le roc, le peñon de Ifach domine la mer. Les pastèques sont si juteuses et les fruits de mer succulents… Le bonheur…

Encore quelques jours et nous arriverons au sud de ce pays royal ! J'aimerais tellement que tu sois avec moi pour le découvrir ! Ce voyage est

---

[7] Vivre comme un fou

incroyable ! Derrière chaque virage, il y a un paysage à couper le souffle, des villages hors du temps. Tantôt une église et son clocher, ensuite une tour qui ressemble à un minaret, puis des ruines d'anciens châteaux ou des anciens forts d'observation. Les cartes postales ne peuvent te montrer qu'une partie de toutes ces beautés tant il y en a ! À bientôt ! Ta Mimi.

*

Torrevieja, 20 juillet

Le rose des salines à perte de vue. Regarde comme cette carte postale est belle ! *«Verlo todo de color de rosa[8] »* ! Hier soir, un vieil Espagnol a joué à la guitare l'air d'Édith Piaf ! Nous avons dansé sans nous soucier du regard des autres ! Je veux pour toujours vivre ainsi : d'amour et d'eau fraîche ! Ou de sangria… Si tu sentais les fleurs ici ! Des lauriers, des bougainvilliers, du jasmin de jour et de nuit ! Pablo connaît chaque fleur, il les reconnaît à leur parfum : c'est un aventurier ! J'envie sa liberté ! Avec lui, j'y goûte un peu !

---

[8] Voir la vie en rose.

Bientôt, l'Andalousie… J'ai hâte, je t'embrasse…
Ta Mimi.

*

Carthagène, 21 juillet

Quelle chaleur dans cette cité antique, on penserait être en Grèce ou en Italie, comme dans les livres de la mythologie !

Une rapide halte avant l'Andalousie, enfin ! Un jus frais d'orange pressée… Nous repartons ce soir pour Malaga ! Tu m'excuseras pour le timbre, je sais que tu aimes les collectionner ! Je n'ai pu acheter que cet homme en tenue folklorique, je n'ai vu aucun homme habillé de la sorte encore ! Je n'ai pas eu le temps de chercher mieux, le temps presse, le festival commence dans deux jours ! Ta Mimi.

*

Malaga, 23 juillet

Malaga, la ville du peintre Pablo Picasso ! Mon Pablo aussi est un grand artiste ! Il joue chaque jour de nouveaux airs de guitare sur les ports, les marchés ou devant les restaurants et les gens l'applaudissent et lui donnent souvent la pièce. Hier, nous avons mangé des sardines sur la plage, divin ! Nous avons dormi sous le ciel étoilé de la plage : « *Las estrellas solo brillan cuando el cielo esta oscuro[9]* », me disait mon poète… Avant, je ne voyais pas les étoiles, j'étais si malheureuse en fait ! J'ai envie de vivre et de danser ! Regarde sur ce timbre, la danseuse de flamenco ! Pablo m'a dit qu'on en verrait de belles et talentueuses à Grenade ! Il y a des amies… Elles me prêteront une robe et je danserai jusqu'au bout de la nuit au rythme de sa guitare ! Ta Mimi.

*

Cordoue, 24 juillet

« *Atrevete a vivir tu propa aventura[10]*… »
Voilà les derniers mots de mon poète… Vis ta propre aventure… Il est parti avec la somptueuse danseuse de flamenco, je n'ai pas osé y croire… Mon voyage s'arrête ici à Cordoue près de la mesquita-cathédrale où j'ai prié… Je ne peux te raconter l'atroce douleur de se sentir abandonnée,

---

[9] Les étoiles brillent seulement quand le ciel est sombre.
[10] Ose vivre ta propre aventure.

ici. Si seule… Cette chaleur m'étouffe, je suffoque… Je me sens si humiliée d'avoir cru à toutes ces balivernes ! Tu seras la seule personne qui connaîtra l'histoire de mon aventure ratée, folle et juvénile ! À 25 ans… Brûle ces cartes, n'en garde aucune trace… Je ne veux plus jamais en entendre parler… Je rentre à Collioure sans argent. Peut-on être si bête ? Heureusement une gentille logeuse m'a trouvé un camion qui allait jusqu'à Perpignan… J'espère qu'il y fera moins chaud qu'ici ! Je ne supporte plus ce soleil ! Je t'aime ma Mado et si tu m'aimes, garde ça pour toi et ne m'en reparle jamais… Ta Mimi.

Donc, apprendre à presque 40 ans ce secret… Mado arriva derrière : « C'était l'été avant ta naissance, tu comprendras aisément pourquoi tu es si brun… Ta mère n'en a jamais parlé, même ton père n'a rien su et ne s'est jamais douté de rien… L'escapade de ta maman comme une crise d'adolescence à 25 ans… Une première et dernière aventure… Aux yeux de tous, tu es juste né avec un peu d'avance, ta mère a su sauver les apparences et garder son secret même avec moi… Même si je l'aimais plus que tout, je n'ai jamais jeté ses cartes. J'ai retrouvé dans une de ses poubelles, cette photo déchirée à son retour… Je l'ai gardée avec les cartes, je te devais cette révélation un jour… Elle t'aimait plus que tout, tu le sais… Mais va comprendre ce que ce voyage a brisé en elle… Elle a concédé un mariage de raison à son retour de Collioure en août. Une union que notre père souhaitait depuis longtemps. Tu es né très vite et tu es devenu sa seule raison de vivre… Il y a quelques mois quand ta mère a commencé à être malade, j'ai voulu lui en reparler mais elle avait été ferme : cette aventure lui avait déjà fait trop mal… Et elle n'avait plus la force de te raconter, le mal l'avait rongée de l'intérieur, j'en suis sûre… Elle m'avait demandé de t'en parler plus tard… Après.

Telle Miss Marple, j'ai enquêté et retrouvé ce fameux Pablo de Grenade… Il est toujours guitariste dans un tablao[11] avec sa danseuse… Il est prêt à te connaître si tu le souhaites… Tu lui ressembles… Il te racontera aussi ses regrets. C'est ton choix. Même si c'est sans doute le poids de ce secret qui a tué ma chère Mimi… Tu as le

---

[11] Local où se tiennent les spectacles de Flamenco.

droit de rompre ce serment destructeur, tu peux découvrir qui est ton père. »

Un sourire en coin, j'ai regardé Mado et lui ai dit : « L'Espagne n'a pas été en 1982 que porteuse de malchance aux joueurs de l'équipe de France, alors… Maman aussi avait son mauvais souvenir ». Giresse, Bossis, Trésor et leurs co-équipiers avaient marqué cet été-là l'histoire nationale du football en s'inclinant douloureusement dans un match de demi-finale… Sa mère parlait souvent de ce mauvais souvenir espagnol de 1982 comme si elle l'avait vraiment vécu ! Cela faisait rire tout le monde. Elle, qui ne connaissait rien au foot et n'avait même pas la patience de regarder un match en entier ! Finalement, cela lui avait peut-être permis à sa manière d'évoquer son triste voyage et sûrement pas ce match légendaire. Il fallait donc décider.

Choisir entre oublier pour toujours ou renaître. Comprendre pourquoi peut-être, il y avait comme une pièce de puzzle en moins dans sa vie… Sentir que ce secret devait aussi le ronger depuis sa naissance. Pardonner aussi sûrement un peu et aimer… Le 24 juillet 2022, débarquer à l'aéroport de Séville et se sentir comme chez soi et serein dans un lieu inconnu… Revenir là où tout s'était peut-être arrêté pour reprendre la soif de vivre à la source. Pour lui, pour elle, pour eux…

« *Mientras habra amor esta esperenza*[12] » …

---

[12] Tant qu'il y a de l'amour, il y a de l'espoir.

Photo diamant

J'ai quelqu'un tout là-haut
Arrivé bien trop tôt
Qui rend mon ciel plus beau
Et me guide quand j'ai tout faux.

Celle-là, c'est une photo du siècle dernier. Pas à cause de la couleur, elle n'est pas en noir et blanc mais sa qualité fait tout de suite penser à une photo argentique. Argentique donc unique… Comme ce moment qui a été et ne sera plus…

La photographe, une dizaine d'années, têtue et déjà sensible… Armée de son kodak jetable, elle a rabâché, agacé, supplié, saoulé, charmé tous les adultes l'après-midi entière pour faire ce cliché ! Comme si elle savait qu'elle serait une photo diamant, celle qu'on regarderait une larme à l'œil et une boule dans la gorge, celle qui illustrerait son premier écrit, celle qu'on offrirait encadrée pour encore penser à elle longtemps, en silence...

La photographe est têtue et elle prend son sujet à cœur. Comme une professionnelle, elle va penser au cadre, à l'arrière-plan de la photo et au placement de chacun. Une photographe engagée et sentimentale qui va réussir du haut de son jeune âge et de son innocence à capter un instant d'amour.

La prise de photo avec un boîtier jetable signifie qu'il n'y a pas de retardateur donc il manquera un personnage sur le cliché : elle, la photographe. Pourtant elle est bien là, elle le sait et tout le monde le saura. On se souviendra que c'est elle qui voulait absolument figer sur papier cette famille à cet instant : un après-midi d'été. C'est bien suffisant !

Regardons le cadre d'abord : une maison de famille nivernaise, celle des grands-parents, celle d'une vie de travail, celle construite de manière laborieuse, la maison de l'enfance. Entourée de fleurs, cette maison n'est pas qu'un arrière-plan mais c'est un personnage à part entière. Elle porte son lot de souvenirs et elle fait partie de l'histoire. Elle a son odeur et son papier peint, et elle est un refuge qui sera toujours rassurant.

La famille est placée de manière symétrique et c'est calculé. Sur une ligne centrale, le couple de grands-parents maternels à droite, et à gauche, celui des grands oncle et tante. Les hommes (les deux frères) sont assis sur des chaises de jardin en plastique et leurs épouses, telles des reines, trônent sur des chaises longues en tissu.

Au sol, assis à côté du chien, le petit frère regarde ailleurs, attiré par autre chose, comme s'il n'avait pas entendu les ordres de sa sœur : « On me regarde tous, ouistiti... » Le chien, lui, docile, pose devant l'objectif. Ce duo montre bien la fugacité du moment, l'unicité de la photo, le temps d'avant...

Aujourd'hui, à l'ère du numérique, on en aurait pris plusieurs jusqu'à la photo parfaite : cette photo, c'est l'imperfection au service du bonheur !

Les parents sont debout derrière, au second plan, le sourire forcé, peut-être agacé par la ténacité de leur fille, ou pas finalement. À ce moment-là, ils ne savent toujours pas qu'ils posent tous ensemble une dernière fois, que c'était un dernier repas de famille qu'ils venaient de partager, un dernier 15 août tous ensemble. Il n'y avait rien d'autre à faire que de profiter de cette journée à l'ombre dans le jardin et de tenter d'essayer d'oublier la maladie, celle qui est là, qui ronge, qui arrive de côté comme un crabe. Oublier les inquiétudes, le combat, les larmes qu'on ne montre pas, l'avenir qu'on ne voit pas.

L'oncle n'est pas sur la photo, il était pourtant là ce jour-là, il n'a pas attendu la séance photo et il s'est envolé vers son insouciance. On ne se souviendra pas pourquoi il n'était pas là et ça n'aura aucune importance, même absent, on l'imagine sur la photo !

C'est donc une photo de famille classique : tous les membres semblent poser fièrement devant le chien. Fièrement mais contraints… Quelques mois plus tard, on se dira qu'on a bien fait…

Mais derrière les visages, qu'y a-t-il vraiment ? La photo ne montre aucun sentiment et pourtant c'est bien une tempête d'émotions qui sévit. La grand-mère pense-t-elle à sa mère qui est déjà au cimetière, emportée il y a longtemps par ce même cancer ? La mère pense-t-elle à la sienne qui se bat courageusement contre la maladie ? En ont-elles déjà parlé ou pas ? N'arrivent-elles donc qu'à se parler avec les yeux ?

La grand-mère se dit qu'elle a fait le bon choix de porter sa perruque au lieu de son vieux fichu, même s'il s'agit pour elle d'un véritable effort. C'était jour de fête aujourd'hui, une belle fête, la dernière, elle le sent… La vie semble quitter son corps, la chimiothérapie la fatigue et elle n'est plus très sûre d'avoir la force de ce combat... Elle est forte aujourd'hui pour ne pas pleurer, ne pas penser et ne pas se laisser aller... Elle pense à ses enfants et à ses petits-enfants, à tout ce qu'elle va rater dorénavant.

Elle croit en Dieu, elle veut s'accrocher à l'espoir, elle se dit qu'elle assistera peut-être à tout ça d'ailleurs… Elle se tait, elle tait cet amour qui déborde et qui la porte mais on ne dit pas ces choses-là car on ne l'a pas appris…

Le grand-père a le cœur serré aussi, il n'est pas docteur, il ne peut rien faire… Il sait faire beaucoup, il a construit cette maison où il est heureux de voir courir ses petits-enfants. Il espère lui aussi… Comme tous les personnages de la photo : ils espèrent ! Malheureusement, un jour, dans quelques années, c'est une autre maladie qui le rongera : il oubliera tout ça mais c'est déjà une autre histoire… Mais après tout, oublier ces moments de douleur n'est peut-être pas si triste.

La vie est une fête même quand elle est difficile, même quand elle nous malmène. Elle est dans le rire des enfants, dans le vol d'un papillon, dans le souffle du vent, le parfum d'une fleur. La grand-mère sait que son départ créera un véritable hiver et que cette photo réchauffera les souvenirs d'un jour d'été comme au retour du printemps.

Elle espère que grâce à cette photo, on n'oubliera pas son visage. Cette photo est une ode au bonheur, à cette journée et à sa vie… Elle n'a pas beaucoup de bijoux à leur léguer, alors elle pose pour cette photo-diamant.

Au moment de déclencher le clic, la petite-fille le sait : c'est un moment important qu'elle vient de capturer. Une première photo de son album, celui de son cœur et qui traversera les années pour symboliser le souvenir de la vie d'une femme extraordinaire qui, même absente, sera toujours présente dans tous les cœurs de ses proches… Et dans le sien encore plus…

*La famille c'est comme les branches d'un arbre ;
nous grandissons tous dans de différentes
directions, mais nos racines sont les mêmes.*

Photo encadrée, chronique d'une vengeance tatouée

Je te vois, monsieur le cœurdonnier
Oui je te vois dans ton atelier
Tu répares avec l'innocence d'un enfant
Tu recouds avec le sourire d'un passant.

JOUR 1

« *Cendrillon, pour ses 20 ans, est la plus belle des enfants...* » La lumière venait de s'éteindre et les premières notes de sa chanson préférée s'étaient lancées. « *Cendrillon pour ses 30 ans, est la plus triste des mamans...* » Son téléphone portable avait vibré simultanément dans sa poche intérieure. « Non, pas ce soir ! », avait-elle pensé. Elle les avait pourtant prévenus. Ce soir, elle avait pris un congé. Le premier depuis quatre mois. Le premier depuis l'accident... L'accident... Elle voulait être injoignable... À moins que le pire n'arrive... Le pire, elle l'imaginait dans cette salle de concert. Depuis le Bataclan, une salle de concert ne pouvait plus avoir la même ambiance. Même le concert de ses rêves, celui d'un groupe mythique recomposé... Un soir comme celui-ci même une flic en congé continuait à avoir l'œil. Mais là, c'était sa poche qui vibrait. Acclamation du public. Le fameux « Vous êtes prêts ? » lancé par le chanteur et la seconde chanson était entonnée. Mais déjà son cœur n'y était plus... C'était avec Marc qu'elle aurait dû la partager cette soirée-là. C'est lui qui lui avait fait la surprise. Elle sortit son portable. De toute façon, cela n'avait plus aucune signification. Elle quitta la salle de concert. Il avait recommencé. Le tatoueur-tueur avait remis ça...

Le tatoueur-tueur... L'affaire qui l'occupait depuis de nombreux mois... Bizarrement, ses crimes ne l'affectaient pas... Quatre meurtres depuis trois mois et ce soir un cinquième... Les victimes étaient toutes retrouvées chez elles, tuées sans violence, en douceur, endormies au chloroforme puis étouffées. Le tueur leur tatouait ensuite une phrase sur l'avant-bras. Les victimes, souvent des personnes esseulées, n'étaient généralement retrouvées que quelques jours plus tard. Les phrases tatouées avaient d'abord été une énigme à résoudre. Des mots d'amour.

« Le jour n'existe plus, le soleil s'est noyé », *« Un peu plus bas, c'est ton cœur qui bat »* C'était comme un jeu, une course poursuite… Mais la semaine dernière, Louise avait compris. Ces mots avaient tant résonné. Un timbré tatouait *Les poèmes à Lou*[13] sur le corps de ses victimes !

Ce soir, un nouveau vers : *« Le lilas refleurira »*. Mais pour le reste, on piétinait… Pourquoi cet individu tatouait ces vers ? Un illuminé, un fan de poésie, un amoureux éconduit ? Rien, aucun indice ! La jeune flic et son équipe enrageaient ! Qu'allaient-ils découvrir sur cette nouvelle scène de crime ? Par chance, elle devait se rendre place d'Italie, la même ligne de métro, elle se dirigea vers la station porte de la Villette. Dans le métro, elle sortit le bouquin trouvé chez Gibert. Elle chercha le nouveau vers à surligner et se replongea dans les déclarations d'amour du soldat mort au champ d'honneur. Elle avait beau les lire et les relire, elle ne comprenait pas les liens ! Son

---

[13] *Poèmes à Lou* de Guillaume Apollinaire.

instinct d'enquêtrice ne se réveillait pas. Les victimes ne lui permettaient pas non plus l'empathie et la volonté de boucler l'affaire. Un sentiment bizarre. La première victime, un vieil alcoolique aigri et acariâtre ; la seconde, une femme agoraphobe mais kleptomane ; puis un ancien militant nationaliste ayant une bibliothèque plus que nauséeuse ; et la semaine dernière, un jeune dealer connu des services de police avec un casier judiciaire long comme le bras.

En arrivant en bas de l'immeuble cossu qui longeait la place d'Italie en direction de l'école Estienne, Lombard l'interpella.

« Louise ! Louise ! Attends ! Avant de monter, faut que je te dise... » Elle le regarda et l'écouta, hagarde... La nouvelle victime, Chloé Longchamp, ne lui était pas inconnue... C'était elle. Elle, qui après une nuit trop arrosée, avait brûlé ce feu. Elle qui avait percuté la Clio. La Clio dans laquelle Marc était, avec Jérémy. Tous les deux morts sur le coup... Si elle était rentrée plus tôt cette nuit-là de son service, Marc n'aurait pas fait ce détour... Si, et si, et si... Des mois qu'elle vivait avec ça...

Chloé avait été retrouvée par son petit ami, inerte sur son lit… Les vers tatoués n'avaient fait que confirmer que le tueur-tatoueur accélérait son processus meurtrier…

Louise était chamboulée. Les équipes des services techniques de la police judiciaire étaient présentes. Ses équipiers l'étaient aussi. Elle ne pouvait pas rester… En plus, d'être en congé ce soir-là, la victime était une jeune fille qui ne lui était pas étrangère. Elle avait lutté contre ce désir de vengeance, cette rage… Mais en enquêtant un peu sur elle, elle s'était rendu compte que cette jeune fille ne buvait jamais et qu'il avait suffi d'une fois… Depuis l'accident qui avait coûté la vie à deux personnes, elle œuvrait dans une association de lutte contre les violences routières… Elle faisait visiblement tout pour se racheter….

L'air frais la frappa au visage… Elle se sentait mal. De loin, elle avait aperçu le petit ami mais elle n'avait pas la force de lui parler, de faire les interrogatoires habituels… Ses collègues comprendraient, elle fit un signe rapide à Lombard, elle rentrait. Elle n'était pas en service ce soir et ils se retrouveraient demain matin pour

« la causette » … C'était le terme qu'utilisaient les collègues pour parler du moment où ils faisaient le point sur les affaires…

En rentrant chez elle, elle n'avait même pas pris le temps d'allumer la lumière, son appartement ne ressemblait plus à rien depuis longtemps, elle enleva juste sa veste qu'elle laissa tomber sur le sol, et s'allongea sur le canapé en se couvrant du vieux plaid jaune. Un ancien souvenir de sa vie d'avant… Le seul qu'elle s'autorisait. Les portes des chambres étaient fermées et elle ne voulait plus y mettre un pied. Trop douloureux.

Elle ne rentrait à l'appartement que pour y dormir, se doucher et se changer. Laisser paraître que ça allait. Elle n'avait plus rien à voir avec la dynamique et joviale jeune femme qu'elle était avant le drame. Elle avait perdu ses formes et coupé ses boucles blondes. Elle n'en était pas moins déterminée et réfléchie. Louise programma son réveil et sombra dans un profond sommeil troublé par les poèmes d'un jeune poète et les rires d'un enfant.

*

JOUR 2

Après une douche rapide, Louise descendit au café qui faisait le coin, elle y avait ses habitudes. Chaque matin, elle y voyait « le cordonnier ». Un des derniers artisans de la chaussure, il faisait aussi les clés-minute et vendait des porte-clés. Louise l'aimait bien avec son accent chantant du sud, il était reposant. Il ne lui avait jamais posé de questions mais elle savait qu'il savait. Jamais il n'avait cherché à savoir si elle allait « bien ». Elle appréciait. Elle ne savait pas pourquoi mais ce vieux bonhomme la reposait. Quand elle le quittait, elle avait toujours en tête cette chanson de Goldman… « *Un simple cordonnier, sans rien de particulier...* ». Dans sa vie d'avant, elle le croisait aussi mais c'était quand elle emmenait Jérémy au parc ou qu'elle allait à la boulangerie de la rue d'à côté. Il était toujours dans sa boutique ouverte sur la rue, à travailler le cuir, à coudre ou taper sur une semelle. Bizarrement, dans ce monde de la consommation, ce petit cordonnier avait toujours du travail, les clients lui faisaient encore réparer leurs chaussures, peut-être comme dans la chanson pour que « *leurs vies soient moins lourdes à porter* ». Certains soirs, quand elle ne rentrait pas trop tard, elle l'apercevait descendre son volet. Sa journée était terminée. Un soir, elle l'inviterait à partager un morceau à la brasserie qui jouxtait le café. Un jour, quand elle aurait le courage. Car elle lisait aussi dans sa vie une fêlure, une cassure. Elle savait que ceux qui avaient vécu un moment de tristesse dans leur vie pouvaient se reconnaître… Lui savait pour elle mais elle ne savait rien de lui. À part qu'il était un jour arrivé à Paris après avoir quitté ses cigales et son mistral.

En arrivant au commissariat, elle eut juste le temps de se resservir un café, la réunion allait commencer. Salorque, un jeune fraîchement arrivé de l'école de police et féru d'informatique, avait trouvé dans la nuit un point commun aux différents meurtres.

Il commença son exposé : « Je me suis demandé si on ne pouvait pas retrouver les victimes dans d'autres affaires. La victime d'hier était en effet responsable d'un homicide involontaire… On le savait, dit-il en évitant le regard de Louise, et donc en cherchant avec le nom des autres victimes, je me suis rendu compte qu'elles ont toutes causé un accident de la route dans les cinq dernières années. »

Les articles des différents accidents étaient punaisés sur le tableau de la salle. Louise s'approcha, celui de l'accident de Marc et Jérémy y était aussi… Elle eut un haut-le-cœur et dut sortir de la salle. L'équipe comprendrait, elle devait marcher, prendre l'air… rentrer chez elle.

Elle marchait vite, les larmes coulaient le long de ses joues mais elle luttait, elle ne pouvait pas craquer, comment rebondir sinon ? Elle se calma et décida de rendre visite à son ami le cordonnier qui était la seule personne capable de l'apaiser…

En rentrant dans sa boutique, elle sentit une ambiance différente, quelques notes de piano sur la vieille radio, la chanson du moment d'un rappeur marseillais, qui parlait aussi d'un cordonnier. *« Le monde a le cœur déchiré »*…

« Alors ma petite Lou, qu'est-ce qui t'amène ? Tu prendrais un café ? »

Il n'attendit même pas sa réponse et se dirigea lentement vers la petite cafetière de l'atelier, un bric-à-brac d'outils et de morceaux de cuir. Louise remarqua un cadre, une photo, une jeune fille au même sourire que celui du cordonnier, la même fossette… Elle se rendit compte qu'elle ne connaissait finalement rien de son ami. Mais la réserve lui interdisait de lui poser une question sur la jeune fille de la photo. Elle croisa le regard de son ami à cet instant. Il continua :

« Ah ! Ma petite Louise ! Ma petite Lou… Elle est partie, il y a quelques années maintenant. » Il avait lancé ces mots comme s'il avait lu dans les yeux de Louise. « Le même prénom que toi. Presque. Elle était belle comme toi. Fauchée par la vie… Courageuse comme toi, ma petite Lou ! »

Bizarrement cela faisait deux fois qu'il l'appelait Lou. Il ne l'avait jamais fait. Elle le laissa continuer son monologue, la gorge serrée. Il devait lire sa tristesse du jour et cela l'engageait peut-être aussi à se livrer. Comme un partage.

— Ma petite Lou, la vie ne t'a pas fait de cadeaux, j'ai bien tenté d'absorber ta peine, la vengeance ne résout rien… Tu dois continuer ton chemin, je ne suis qu'un simple cordonnier, je ne peux pas recoudre les cœurs brisés, malheureusement.

Un sourire las, au coin de sa lèvre apparut. Il porta sa tasse aux lèvres et fit un signe à Louise pour qu'elle fasse de même.

— Bois avant que cela ne refroidisse. Je me sens fatigué aujourd'hui, je ne sais pas si je ne vais pas fermer plus tôt. Et toi ? Que fais-tu là ? Tu n'as pas du travail ? Tu écoutes les divagations d'un vieux fou !

— Mais vous n'êtes pas fou !

Louise avait réagi instantanément.

— Non, un simple petit coup de blues, je vais retourner au commissariat, j'avais juste besoin d'un petit remontant peut-être….

Elle reposa la tasse de café et sourit dans un souffle.

— Une dernière chose, ma petite Lou, *Sache que lorsque deux nobles cœurs se sont vraiment aimés, leur amour est plus fort que la mort elle-même. Cueillons les souvenirs que nous avons semés, et l'absence après tout n'est rien lorsque l'on s'aime*[14]... Allez, file ma petite Lou... Tu as du travail, tu es intelligente, tu comprendras bientôt... Il faut que tu avances... comme moi...

Le vieil homme eut un regard vers la vieille photo encadrée.

En quittant son ami, Louise reprit le chemin du commissariat, l'esprit embué de réflexions et de sentiments contradictoires.

En arrivant, dans la salle de réunion, Louise avança vers le tableau d'affichage. Les yeux embués, elle lut les différents articles. Un détail devrait lui apparaître. Mais lequel ? Elle alla pensive jusqu'à la machine à café... Elle avait le

---

[14] Extrait de Guillaume Apollinaire.

sentiment que les pièces du puzzle se mettaient en place… Des victimes qui avaient toutes causé des accidents mortels… Des victimes qui avaient toutes un jour détruit des vies, des familles, explosé des destins ! La rage en elle montait et en parallèle, une terrible angoisse… Les crimes avaient commencé seulement trois mois auparavant. Dix jours après l'enterrement. C'est ce qui l'avait motivée pour reprendre le boulot… Cette enquête l'avait occupée, aidée… Sa manière de ne pas sombrer. Et aujourd'hui, la victime était une jeune fille qui avait enlevé la vie aux deux hommes de sa vie…

En portant sa tasse de café aux lèvres, l'odeur du café, un profond soupir, elle échappa la tasse et retourna en courant dans la salle de réunion ! Le premier article, extrait de « La Provence » : la victime du premier accident. Louise Jourisse ! La fille d'un artisan du village proche de la nationale où elle a perdu la vie ! Un artisan, un cordonnier… Louise venait de comprendre. Elle attrapa sa veste et se mit à courir. Le même chemin que plus tôt dans la matinée, plus vite… Au loin, elle aperçut le volet en fer de l'atelier, il était baissé… En arrivant près de la porte située sur le côté, elle n'eut pas besoin de l'ouvrir… juste de la pousser. L'ambiance était encore plus froide que le matin et la radio diffusait toujours une douce musique… Un frisson, un soupir, et puis l'effroi. Les pieds du cordonnier ne touchaient plus le sol, son tabouret de travail renversé et à côté, une mallette ouverte contenant tout son matériel de tatoueur. Comme un aveu. Il s'était pendu… Une lettre à terre...

« Ma Lou,

Tu vois, tu es intelligente. Ce matin, je pensais que tu savais, que tu étais venue parce que tu avais compris. Mais la vérité est trop lourde à porter. Depuis toujours, j'ai vécu en me taisant, en observant les gens, leur bonheur. Encore plus depuis que j'ai perdu ma Lou... Mais quand j'ai su ce qui t'était arrivé, ce qui était arrivé à Jérémy, ça a réveillé en moi cette tristesse, ce besoin de réparer, de sauver une vie.... Ta vie... Ne vis pas avec la vengeance, ne porte pas ce malheur dans ta vie. Tu es jeune, à peine trente ans... Fais ce que tu souhaites... Mes mots se mélangent entre ce que j'aurais aimé dire à ma fille, et ce que je te dis à toi... Dans ton malheur, tu as été courageuse. Mais je connais la fêlure. J'imagine l'état de ton appartement. Tu vis dans le noir. Fais revivre ton fils et ton mari à travers ton bonheur. C'est tellement dur... Je sais mais tu dois le faire. Profite de chaque jour comme si c'était le dernier. Vis, voyage, compile les moments, retrouve ceux que tu as perdus...

Je pars car je ne peux plus... J'ai fait ce que j'avais à accomplir, ne me pleure pas et pense à moi quand tu bois ton café, du bon café ! J'insiste ! L'enquête est terminée, tu sais tout...

Oui, si tu veux savoir... Les autres victimes n'ont pas été choisies au hasard. J'avais croisé les familles des personnes qu'elles avaient tuées dans les accidents. Pardon pour mes actes immondes, mais je ne suis pas celui que tu crois... Personne n'est vraiment celui qu'il est... »

Une boîte était posée dans la mallette. Une clé en fer avec une adresse, *Mas de Lou, Auriol chemin du paradis.* Un mot manuscrit : *« Pour toi Louise, si tu veux reprendre ta vie en main. »* Elle glissa la clé et le mot dans sa poche.

Louise attrapa son portable et expliqua à Lombard ce qu'elle venait de découvrir. Quand ses collègues arrivèrent, Louise leur fit signe qu'elle partait… Tout cela était trop compliqué… Elle avait à faire.

Elle s'arrêta à la pharmacie et acheta ce qu'elle aurait dû acheter depuis longtemps.

En entrant dans l'appartement, elle lança l'appli Spotify sur sa tablette, en mode aléatoire, les premières notes d'une chanson oubliée… « *Quelque chose en toi* ... ». Elle entra dans la salle de bain, y resta quelques minutes et ressortit.

Doucement, elle parcourut le couloir, poussa la porte, s'assit sur le petit lit de Jérémy, son doudou était toujours là, les larmes coulaient, elle porta à son nez la peluche, ferma les yeux et laissa l'odeur familière inonder son corps… « *C'est vraiment toi...* » La musique résonnait dans l'appartement…

À la fin de la chanson, elle retourna chercher le test qu'elle avait laissé sur le lavabo. Deux barres étaient apparues.

Oui, il fallait vivre…Ne serait-ce pour ce cadeau que la vie lui avait laissé. Dans la poche arrière de son jean, elle avait une clé, une clé pour continuer.

<u>**Photo-présent pour excuser le passé**</u>

<u>Je t'aime,</u> Lara Fabian

D'accord, il existait
D'autres façons de se quitter
Quelques éclats de verre
Auraient peut-être pu nous aider ...

Landes, été 2008

Encore quelques jours sous ce soleil de fin d'été, soleil de fin août assez étonnant pour sa chaleur mais qui ravit les touristes encore présents ou les locaux qui profitent de cette fin de saison et de cette plage qui se vide un peu. Dans une semaine, ce sera la rentrée des classes, la reprise de la course pour toutes les familles et pour Tom, le départ d'une nouvelle vie, son rêve. Tom va pouvoir profiter de ses trois mois de paie en tant que photographe de plage. Son rêve : l'Australie. Les paysages verdoyants, les côtes, les montagnes. La liberté, enfin ! La liberté, il y a un peu goûté cet été, dormir à la belle étoile, profiter des douches de la plage, vivre sur un parking dans son vieux van, ne rien devoir à personne et ne plus avoir à compter que sur soi-même… Sourire et goûter à nouveau le lien social. Profiter du soleil après tant d'années à l'ombre ! Photographier des sourires, des enfants uniques, des frères, des sœurs, des fratries masculines ou féminines, parfois des cousins, plus rarement des familles entières : les parents se prêtent rarement au jeu. Toujours dans la bonne humeur, passer un bon moment, quelques compliments, être agréable pour que les parents reviennent chercher les tirages. Il y a aussi un bonus selon les ventes, c'est un plus…

Malheureusement, il le sait, la carte sera peut-être perdue au fond du sac de plage, mouillée au milieu des serviettes et retrouvée que plus tard ! Trop tard pour lui ! Ses clichés ne trôneront ni dans un salon, ni dans des escaliers. Il le dit à chaque fois : « Je m'appelle Tom, si vous perdez la carte, passez au magasin, à côté de la place du Marché. Avec la date et l'heure, on vous retrouve facilement. Vous avez jusqu'à fin septembre ! » Il aime ces journées en plein air à marcher dans le sable. Il pourrait être fatigué, en avoir ras la casquette et vouloir profiter des vagues et du surf.

Non, il est patient, il aura tout son temps sous le ciel australien.

Deux blondinettes d'environ 4 et 6 ans, souriantes avec de magnifiques fossettes et des bouclettes. Elles lui rappellent un joli souvenir du passé.
Leur papa qui a accepté la photo les encourage : « Allez les filles, on sourit ! » Tom ajoute : « Une dernière pause, voilà, toi tu croises les bras et toi, tu te mets comme ça... » Il lui montre la posture à prendre.

Une voix féminine derrière lui : « Alors, les filles, on joue les starlettes ? »

Hortense et Lilas étaient en train de prendre la pause tout sourire, un photographe de plage, casquette sur la tête, une voix... Sophie l'a reconnu trop tard... À l'instant où leurs regards se sont croisés, une onde de choc a ébranlé la jeune femme. Si elle n'avait pas autant travaillé son self contrôle et ses jambes musclées, elle se serait sans doute effondrée ! Non, ne rien laisser transparaître, oublier ce qu'il s'était passé huit ans plus tôt, les promesses, la promesse et la disparition... Doucement, sa descente, son premier chagrin d'amour, celui dont elle pensait ne jamais se relever. Un silence alourdissant, les larmes qui ne s'arrêtent plus de couler, le noir total… Il avait fallu des mois pour peu à peu revenir à la réalité, accepter, oublier la douleur qui déchire la poitrine, se reconstruire et retrouver un équilibre. Soudain, il était là, sans crier gare, à violer sa vie d'aujourd'hui, violent comme un coup de poing dans le ventre qui laisse sans respiration… Respirer donc, ne rien laisser transparaître pour ne pas retomber, ni flancher de nouveau ou se montrer faible. Si lui l'avait vraiment oubliée… mais non, en tendant sa carte, il était resté trop longtemps à la dévisager et sans la lâcher du regard et avait dit : « Venez chercher les photos, elles seront magnifiques comme leur maman... » Phrase toute faite ou moquerie ? À peine avait-il tourné le dos que Sophie avait froissé la carte et l'avait jetée au fond du sac…

Impossible de le revoir, impossible de retomber ! Tom, celui qui lui avait tant promis, à qui elle avait tout donné et qui un jour, alors qu'ils devaient partir vivre ensemble, découvrir l'Australie, l'avait abandonnée. À l'époque, le mot n'existait pas mais aujourd'hui, on dirait

« ghoster », devenir un fantôme… Il avait disparu avec ses espoirs et sa naïveté.

« …Magnifiques comme leur maman... ». Mais quel abruti ! Comment avait-il osé dire cela ? Cela ne voulait rien dire en plus ! Un dragueur de plage libidineux ne ferait pas mieux ! Je montrais un beau visage ! Impossible de s'excuser, d'expliquer qu'il n'était pas parti sans elle, qu'il n'avait pas voulu, qu'il avait simplement eu un empêchement, un empêchement de huit ans, honteux et inexplicable, qu'il n'avait jamais eu le courage de la prévenir, qu'il était heureux qu'elle ait continué sa vie et qu'elle semble heureuse aujourd'hui. L'homme qu'il avait vu devait bien s'occuper d'elle… Jamais il n'aurait imaginé retrouver cette fée de sa vie d'avant, jamais il ne pourrait avouer, lui raconter pourquoi il avait disparu… Elle avait dû l'attendre, il le savait mais lui n'était plus le même et elle avait construit sa vie. Elle l'avait mieux construite que celle qu'il aurait pu lui offrir… Après tout, il n'avait pas à en être triste.

Retenir le numéro J63. J pour jeudi et 63 comme son soixante-troisième carton de la journée. Attendre que Sophie vienne peut-être chercher les photos et des explications. Espérer donc. Peut-être trop. Que penserait-il, lui, si on l'avait fait attendre huit ans ?

Sophie ne dormait pas, elle n'avait rien mangé et avait passé la fin de l'après-midi dans un état particulier. Colère, sidération, dégoût, tristesse, curiosité, fierté, envie de vengeance ou de disparaître. Elle avait clairement fait comprendre qu'il était hors de question d'aller chercher cette photo de plage hors de prix. Point ! Elle tirait un trait, la douleur passerait à nouveau et elle ne voulait plus rien savoir, oublier…

Avoir l'ambition d'aller photographier l'Australie et se retrouver photographe de plage dix ans plus tard dans les Landes. Avec toujours le même look de surfeur adolescent en plus ! Il fallait se rendre à l'évidence, tout ce qu'il lui avait volé n'avait pas servi son rêve. Ce retour en arrière ne valait pas la peine, il ne fallait pas chercher d'explications ni avoir de regrets. Sa vie était ici et maintenant, vivre dans le passé, c'était inutile ! Aujourd'hui, elle était heureuse et elle allait continuer !

Quelques jours après leur retour, son mari lui offrit le cliché de ses filles à la plage en grand format pour son anniversaire.

« Ne t'inquiète pas, nous sommes repassés avec les filles à la boutique et le photographe à la casquette (un type sympa !) nous a annoncé qu'on avait gagné le tirage du jour ! Nous avons eu de la chance ! Il y a une carte avec un QR code, il faudra que tu regardes : on a peut-être gagné des nouveaux tirages pour l'été prochain ! » Il avait dit cela avec tellement d'enthousiasme : il y croyait vraiment ! Mais il ne connaissait rien au numérique et à ses nouveaux usages et il faisait confiance à Sophie pour vérifier leur éventuel gain.

Sophie attendit d'être seule pour scanner le code. Cela la dirigea vers un lien où était écrit un simple PARDON et la phrase de Saint-Exupéry : *« L'essentiel est invisible pour les yeux, on ne voit bien qu'avec le cœur. »* En déroulant la page, un vieil article espagnol scanné datant de la

disparition de Tom au titre évocateur :
« *Encarcelamiento[15], marihuana, traficante* ».
Sophie soupira et inspira. Cette réponse lui permettrait peut-être de vraiment faire le deuil de ce premier chagrin d'amour.

Tom, son sac sur l'épaule était prêt à vivre son rêve : photographier l'Australie ! Il était seul, heureux et libre. Il avait un visa de vacances-travail pour un an. Plus peut-être. Il avait aussi de l'argent propre cette fois. De l'argent qu'il avait eu la patience de gagner. Pas de l'argent facile comme celui qu'il avait voulu autrefois gagner rapidement. Il avait appris de ses erreurs. Le destin lui avait aussi permis de s'excuser auprès de Sophie, son premier et seul amour. Il lui avait offert ce superbe cliché de sa vie d'aujourd'hui pris par un fantôme du passé. Peut-être aura-t-elle compris et ce souvenir le fera rester près d'elle. Il l'espère, elle ne pensera plus à lui avec regret ni amertume… Elle semblait heureuse, il l'espérait aussi. C'était peut-être ça l'amour aussi ?

---

[15] Incarcération

Photo fantôme

<u>Beau- papa</u>, Vianney

*Y a pas que les gènes qui font les familles,
des humains qui s'aiment suffisent...*

Y a-t-il des photos qui existent même si on ne les a pas prises, des espèces de « photos fantômes » qu'on aurait voulu prendre, auxquelles on aurait pensé et auxquelles on aurait finalement renoncé. Peut-être par honte, tristesse, déni, oubli ou peur d'une maladresse. Que nous reste-t-il de ce souvenir sans image fixée sur un cliché ?

Cette photo fait partie de ces invisibles, celle qui n'existe pas mais qui reste gravée... Comme ce dernier moment ensemble.

Cette dernière visite. Tous les membres de cette famille recomposée y pensent devant ce cercueil. Ce moment suspendu d'il y a trois semaines, ce moment où certains y croyaient encore et d'autres s'en foutaient. Famille recomposée donc. Pas simple. Recomposée et composant avec différentes couches, différentes vies, différentes envies aussi. Il y a trois semaines, cette famille existait encore. Aujourd'hui, elle est explosée, exposée à la violence de la vie et à l'incompréhension.

La mère, en noir évidemment, même pas vraiment veuve administrative parce que non mariée à celui dont le cercueil avance dans ce tunnel de feu. Il y a trois semaines, elle y avait pensé à cette photo. Prendre la photo d'une renaissance, une photo de famille qu'on regarderait pour ne pas oublier qu'on a de la chance d'être ensemble malgré nos différences, nos disputes, nos agacements et nos colères. Mais cette photo n'avait pas été prise….

Ce jour-là, un dimanche ensoleillé de novembre, il avait réussi à se lever, se retourner et à marcher deux pas vers le fauteuil. Les aides-soignantes l'avaient alors poussé jusqu'à une salle un peu moins médicalisée de ces soins intensifs pour un rendez-vous spécial, unique et attendu. Tellement attendu et inespéré. Malgré la blouse d'hôpital, la machine et les électrodes, les cheveux décoiffés, l'air fatigué et amaigri, l'équipe soignante avait validé cette rencontre : cela pouvait lui donner de la force pour se battre encore et affronter cette dernière ligne droite avant la sortie des soins intensifs. Il n'en sera finalement jamais sorti, son état s'était subitement dégradé après le rendez-vous et elle se dit aussi qu'avec cette photo, il serait resté pour toujours, à vie, ce patient malade… Finalement, ce dernier après-midi qui n'a jamais été immortalisé, ce n'est peut-être pas si mal. Une photo, ça peut aussi faire du mal, autant oublier définitivement ces durs moments qui sont quand même là, gravés comme une cicatrice invisible.

Invisibles comme les larmes de ce grand garçon de 17 ans, l'aîné de cette famille recomposée. Pourquoi pleurerait-il ? Ce n'était même pas son père ! Le sien est aux abonnés absents la plupart du temps, parfois un appel ou un cadeau une ou deux fois par an. À Noël ou pour son anniversaire si ce géniteur de pacotille n'oublie pas… Surtout pas de remontrances, c'est l'avantage de cette absence. Aujourd'hui, de nouveau, il n'y aura plus de remontrances. Il l'avait tellement espéré et maintenant que ça c'était produit, il ne savait pas s'il devait ressentir de la honte ou de la peine. Quel serait son dernier souvenir heureux avec ce beau-père ? Ce dimanche à l'hôpital où telle une pièce de théâtre en rodage, on avait fait comme si tout pouvait redevenir comme avant. Comme avant l'accident de moto. L'accident qui avait collé son beau-père, ce colosse, dans ce fauteuil roulant tel un vieil homme rétréci. Il avait davantage souri pour sa mère et sa petite sœur. Il n'avait quand même pas voulu sortir son téléphone de sa poche et prendre un selfie familial de ce moment glauque et puant. Stérilisé par cet univers hospitalier. Il le regrettait peut-être un peu maintenant, ou pas. Était-ce de ce moment dont il voulait se souvenir ? Ou du dernier déjeuner familial avant l'accident malgré la dispute qui avait éclaté ? Devait-il vivre avec ce poids ? Chercher à se faire pardonner, s'excuser, trouver un autre cliché d'un instant heureux ? Il y en avait eu, c'est certain, au cours des six dernières années... Des vacances, des sorties et des moments partagés avec ce « faux » père qu'il avait envie de détester, alors que finalement il endossait un rôle pas si évident. Il redevenait l'homme de la famille, le soutien de sa mère. Il l'était déjà depuis

quelques mois pour sa petite sœur aussi et sa
« non-sœur ».

Cette « non-sœur », ni demie, ni entière qu'il ne
verrait peut-être plus du tout car ils n'avaient pas
de parents en commun : elle vivait avec son père à
elle. Point. Elle avait débarqué avec ses valises et
aujourd'hui c'était le cercueil de son père qui était
devant elle. Pas de parents en commun, ni
d'atomes crochus d'ailleurs. Lui manquerait-elle ?
Il posa quand même la main sur son épaule, un
geste réflexe qui se voulait apaisant. Gratuit.

« Comment l'aider ? » pense-t-il « et en a-t-elle
envie ? » Ils ont toujours été comme chien et chat.
Elle pleure depuis cinq jours sans un bruit. Un an
et demi d'écart et être obligés de partager leur vie
juste parce que leurs parents l'ont décidé. Ni le
même sang, ni le même ADN : partagent-t-ils la
même peine ? À quoi pense-t-elle, cette jeune fille
qui va vivre un double deuil ? Perdre son père et
retrouver la vie avec une mère qui n'a jamais
voulu vraiment s'occuper d'elle. Pense-t-elle au
jour de l'accident aussi ? Les mots prononcés, une
dispute idiote avec ce faux grand frère,

l'explosion, la colère, la soupape qui pète, dire des mots qu'on ne pense pas. Hurler une rage aujourd'hui inutile, désuète. Rendre peut-être son père si pensif, si préoccupé qu'il n'avait pas suffisamment ralenti au « cédez le passage » sur une route qu'il connaissait par cœur. Puis l'appel, les pompiers, l'hôpital, les soins intensifs et ce foutu espoir. Peine perdue. Elle se souvient qu'elle aurait aimé serrer dans ses bras une dernière fois son papa, lui redonner des forces, lui dire qu'elle l'aimait et qu'elle était désolée. Bien sûr que sa colère pour un chargeur de téléphone « emprunté » était idiote et qu'elle aimait bien vivre avec lui, bien plus qu'avec cette mère qui l'oubliait toujours. Elle n'avait jamais utilisé ce chantage affectif et elle regrettait amèrement ses mots. Elle s'en voulait. Elle regrettait aussi de ne pas avoir pris un dernier cliché avec son papa, elle aurait pu lui mettre un filtre pour le rendre plus fort, moins malade... Ils auraient pu prendre un cliché tous les cinq aussi... Un dernier, comme un adieu, un au revoir sans le savoir : avec cette photo, on aurait pu croire à une vraie famille. Avec cette photo, elle aurait peut-être pu espérer rester avec sa belle-mère et sa petite demi-sœur. Quand la reverra-t-elle ? Se reconnaîtront-elles seulement ? Ressemblera-t-elle plus à son père ? Oui, elles avaient le même papa et sa petite sœur ne le verra plus non plus... Elles avaient ça en commun, ne plus dire « Papa ». Avec cette dernière photo, elle aurait pu lui raconter plus tard, partager ce moment en famille, cette parenthèse enchantée, consentie par l'équipe hospitalière au cœur de règles sanitaires strictes. Les visites se limitant en réalité à une personne par après-midi pendant trente minutes et pas pour la petite Émilie trop petite. Cet après-midi de novembre avait permis ce dernier rendez-vous. Personne n'avait sorti son téléphone pour surfer sur internet ou pour immortaliser le moment. Comme pour oublier que c'est peut-être une histoire de téléphone qui les avait emmenés là. Ne pas charger les culpabilités ou simplement profiter de ce court moment. Même petite Émilie n'avait pas réclamé l'écran pour jouer, elle avait regardé du coin de l'œil ce papa qu'elle avait l'air de ne pas reconnaître, qui semblait l'intimider. Elle s'était avancée petit à petit, avait posé la main sur le genou du papa, avait détaillé ses mains et quelques cicatrices encore visibles.

Petite Émilie n'était pas là aujourd'hui pour la crémation : quelles explications pour une enfant de cinq ans ? Des mots simples après les retrouvailles l'avaient fait patienter : « Papa doit encore se réparer, reprendre des forces, ça va être long..., combien de dodos ? », avait-elle demandé... Trop maintenant ? Que va-t-elle comprendre quand elle ne verra plus ni son père, ni sa grande sœur... mais sa maman entre deux sanglots lui avait dit que les choses seraient un peu différentes et qu'ils resteraient malgré tout ensemble un peu comme dans son dessin animé préféré : *Lilo et Stich*. Alors Émilie n'oublierait pas son papa, ni sa sœur. Certains souvenirs comme celui de cette dispute, de ces retrouvailles à l'hôpital, de ces jours malheureux deviendront flous et elle grandira entourée par l'amour de cette drôle de famille.

« Cela allait être long... » De quoi parlait-on ? De la rééducation, de l'hospitalisation, de la rechute, de l'attente de la fin, de l'après pour essayer de continuer ensemble, d'une potentielle reconstruction...

Trois enfants, une maman. Pas vraiment la maman de tous, mais comment ne pouvait-elle pas tenir une dernière promesse ? La photo de ce dimanche de novembre n'existe pas mais cette famille est bien réelle. Ce sera long de retrouver un équilibre mais elle l'a promis, ils resteraient ensemble. Pour éviter tout changement de trop pour sa belle-fille orpheline, elle pourra demander sa garde, c'était un acte non officiel signé par ce papa poule. Même si c'était une demande peu commune, sa mère ne la réclamerait pas. Elle n'était même pas revenue de Londres pour les obsèques de son ex-compagnon ! Elle n'avait pas eu le temps d'en parler encore. Les larmes et le silence prédominaient depuis cinq jours et il avait fallu prévoir l'imprévisible et faire face à l'inimaginable… Choisir un type de bois, un coussinet ou pas, sa couleur, un type d'anse pour un dernier lit qui serait brûlé. En silence, elles avaient été d'accord sur tout, même sur la tenue. Tenir une promesse donc… Ce papa était sans doute parti à cause d'un cœur affaibli par le choc mais peut-être aussi soulagé qu'aucune image ne reste de lui dans cet état chétif, lui, l'homme fort ! Il était confiant car ses filles, sa femme resteraient ensemble avec un jeune homme de caractère :

cette symphonie continuerait malgré tout. Malgré l'absence de souvenirs sur papier glacé d'un après-midi d'hiver, il y avait d'autres preuves de ces liens forts… Ce tunnel face à eux, ce cercueil et cette chanson qui résonne pour accompagner cet ultime moment… *Tu es de ma famille… De mon ordre et de mon rang… Celle que j'ai choisie, celle que je ressens dans cette armée de simples gens[16]…*

---

[16] Extrait de la chanson « *Famille* » de JJ Goldman

Photo de mariage

<u>Les histoires d'A</u>, Rita Mitsouko

Les histoires d'amour finissent mal en général
Les histoires d'amour finissent mal en général...

Une photo de mariage, l'image d'un bonheur capturé, la beauté des mariés figée sur papier glacé et un cliché voué à devenir le souvenir d'une journée parfaite, d'un couple parfait, d'une vie encore plus évidemment parfaite. Vraiment ? Regardons mieux cette photo, essayons de pénétrer les pensées et les sentiments des jeunes tourtereaux. Le mariage préparé au millimètre et payé par les beaux-parents, enfin presque... Au moment de passer à la caisse, le père du marié n'a plus donné signe de vie et a disparu des radars. Ce n'était pas la première fois mais bien la dernière. D'ailleurs, c'est aussi pour ça que le marié a fait un choix unique : les mariés partageront le même nom mais celui de la jeune femme. Renier son nom à la manière des Montaigu et des Capulet mais la rivalité en moins.

Rejoindre une nouvelle famille grâce à ce mariage, une famille qui l'a déjà plus qu'adopté, qui sait qu'il rendra leur fille plus qu'heureuse vu sa situation et sa débrouillardise. Il a depuis toujours su s'en sortir et trafiquer diverses petites magouilles sans se faire prendre. Il sait aussi charmer et convaincre. Son père invisible et sa mère malheureuse depuis toujours le motivent encore plus pour réussir son mariage ! Il a su séduire cette belle femme : dès le premier regard, il savait qu'elle serait la mère de ses enfants. Il l'a baladée dans les plus belles soirées de la capitale, lui a fait la cour doucement, a joué de tous les tours romantiques les plus espérés par une femme des années quatre-vingt-dix, biberonnée à Dirty Dancing. Cette comédie kitch qui n'a pas si bien vieilli : Léa l'a concédé dernièrement. Le summum a été sa demande en mariage en haut de la tour Eiffel, il y a un an. Il faut le dire, il y avait été poussé, encouragé par sa belle-famille qui avait assisté à ce moment pourtant si intime. Cela donnait une impression particulière. Ils étaient si heureux et soulagés. Comme si, malgré sa beauté, leur enfant était vouée à ne pas trouver de mari et à finir vieille fille. Peut-être aussi que cette demande l'enchaînait à lui, et qui était aussi le choix de cette famille. Il aurait peut-être dû s'en rendre compte avant. Maintenant qu'il regarde cette photo, il comprend.

Cette photo dans un cadre : tous les deux en mariés dans un jardin magnifique, une roseraie à l'arrière et une couleur du temps magique. Personne ne peut imaginer que dix minutes plus tôt une averse avait forcé les tourtereaux et le photographe à s'abriter sous un préau voisin. La robe, la coiffure, le blanc immaculé du costume étaient à deux gouttes du naufrage ! Puis subitement, le soleil est revenu avec une couleur inédite ! Les photos ont été prises à ce moment-là. Sur celle-ci, le marié regarde amoureusement sa dulcinée. Elle a le regard à l'opposé. Elle semble réfléchir, penser à un ailleurs. *S'aimer, c'est regarder dans la même direction,* dit le proverbe. Ce jeune couple regarde-t-il dans cette même direction ?

La mariée est radieuse, son maquillage est parfait, son amie esthéticienne n'est pas loin pour les retouches. Ses cheveux aussi ont été préparés depuis de longs mois, des extensions qui ont coûté un bras à son cher et tendre mais c'est bien naturel pour un mari de subvenir aux envies de son épouse. Des cheveux de princesse pour un mariage de conte de fées. Sa manucure aussi est au top : quatre jours qu'elle ne lève plus le petit doigt pour ne pas l'endommager. David s'est moqué d'elle toute la semaine, la traitant gentiment et de manière taquine de capricieuse. Si un jour, elle était enceinte, il était prévenu de son caractère. Enfin pour le moment, ce n'était pas envisagé pour elle. Déjà ce mariage, c'est un peu prématuré. Elle sait que ses parents n'y sont pas étrangers, que David leur plaît et cela a été le cas dès qu'il a passé le pas de leur porte. Il prendrait soin de leur fille aînée, il était digne de leurs espérances. Les autres avaient toujours un défaut. Ils avaient souvent réussi à faire fuir les ex-amoureux. Jusqu'à leur avoir proposé de l'argent, ça elle n'en avait jamais rien su. Mais elle l'avait appris en revoyant Karim. Karim, celui qu'elle avait tant aimé, celui qui était sans doute son plus grand chagrin d'amour, celui qui, sans adieu, était parti voyager sans elle un matin d'hiver trois ans auparavant.

Le hasard n'existe pas. C'est en allant à son dernier essayage de robe le mois dernier qu'elle l'avait bousculé en pleine rue ! Ils se sont tout de suite reconnus, serrés dans les bras et sont allés dans un café voisin… Oublié le rendez-vous du jour et les cinquante-huit appels en absence de sa mère ont sonné dans le vide. Sa mère, furax, à qui il avait fallu expliquer l'oubli. Une fausse escapade au cinéma pour gérer le stress. D'où le téléphone en mode silencieux. Sa mère était furieuse comme si elle était le personnage principal de ce mariage. Cependant, ce que Léa avait eu plus de mal à gérer, c'était sa propre colère quand elle avait appris le rôle de ses parents dans le départ de Karim.

Que faire alors ? À un mois du mariage, traiteur, invités, lieux, photographes, musiciens, DJ, cérémonie : tout était calé ! Impossible de reculer… Alors, elle pense à quoi sur cette photo, la future mariée ? Pense-t-elle à Karim qu'elle a revu plusieurs fois dans différents petits hôtels parisiens ? À qui elle n'a rien dit du mariage. Qu'elle a finalement aussi trompé. Pense-t-elle aussi que sans changer de nom, elle ne sera jamais vraiment mariée et que finalement David se marie plus avec sa famille ? Cette famille qu'il idolâtre, lui, le gendre parfait.

Elle regarde au loin et se dit qu'elle pourrait peut-être s'enfuir, partir comme Rachel[17] avant la cérémonie.

Oui, car vous le comprenez, cette photo est prise avant le mariage en lui-même : une autre décision de sa mère pour que les mariés profitent des invités et qu'ils ne s'éclipsent pas du vin d'honneur pour la séance photo. Au diable la superstition et la symbolique de malchance de voir la robe de la mariée avant ! Léa n'avait rien pu faire contre cette organisation. C'était pourtant la seule condition à laquelle elle tenait : que David la découvre devant la mairie dans sa robe et qu'elle puisse lire dans ses yeux toute son admiration.

Son rêve de conte de fées était un peu ébréché, non conforme à ses espoirs, tout disparaissait doucement à son insu. Elle rêvait peut-être à cet

---

[17] Premier épisode de la série Friends.

instant alors de partir, de retrouver Karim, de voyager avec lui. Ce qui la retenait encore, c'était la convenance : ne pas passer pour une « salope » à vie. Laisser en plan devant la mairie un homme parfait et une situation. Suivre qui au final ? Un homme qui quelques années plus tôt avait accepté de la quitter pour quelques euros et des billets d'avion ? Un homme qui avait appris il y a deux jours par une amie commune son fastueux mariage, et qui depuis ne lui répond plus.

Son regard au loin lui fait penser qu'elle est prise au piège dans une cage dorée et que ses parents lui couperaient les vivres si elle partait.

Elle pense donc que ce n'est pas si grave, elle n'est pas si mal, elle n'a pas à se plaindre… C'est une belle journée aujourd'hui malgré cette averse, le soleil devrait s'installer durablement. Elle va quand même espérer l'arrivée de Karim pour qu'il s'oppose au mariage mais elle sait au plus profond d'elle qu'il se taira à jamais. Tout le monde pleurera donc d'émotion ; elle, pour d'autres raisons peut-être, mais cette journée sera une merveilleuse journée, symbole de l'amour et du bonheur pour la plupart des invités.

Alors cette photo choisie parmi une dizaine d'autres pour être encadrée dans le salon est loin d'être anodine. Elle montre au fond l'ambivalence des sentiments : un amour inconditionnel pour l'un et un mariage de convenance presque forcé finalement pour l'autre.

Qu'importe, Léa sait jouer avec les apparences, mentir, se mouvoir pour son bien-être : elle est capricieuse et a toujours su obtenir ce qu'elle voulait.

Elle réfléchit déjà à ce qu'elle dira à Karim à son retour des Maldives, son malheur, cette emprise, il la croira car il est ainsi Karim, doux et naïf... S'il ne vient pas aujourd'hui, elle ne doute pas qu'elle continuera de le voir... Gérer son temps, ne pas dire la vérité, jouer un rôle, elle sait faire. C'est même très excitant pour elle !

Aujourd'hui, elle profite du moment, elle le subit... Sa vie est loin d'être finie avec cette bague au doigt.

Est-ce que David imagine déjà en la regardant sur cette photo que sa douce Léa ne pensait plus du tout à lui, qu'elle papillonnait déjà à l'image des décorations de la salle de mariage ? Quelques mois auparavant, Léa avait annoncé : « Le papillon sera le symbole de notre mariage. Ce mariage, c'est notre envol, un renouveau, on va faire éclater notre bonheur, il va pouvoir sortir de son cocon protecteur ! »

David sent-il que ce symbole de mauvais augure n'a fait durer leur amour qu'une seule journée comme la durée de vie de ces insectes éphémères et colorés ?

Sait-il que dès leur lune de miel, Léa téléphonait à cet autre homme et lui racontait un quotidien à l'opposé de ce qu'ils vivaient ? Qu'elle mentait, qu'elle lui mentait et qu'elle se mentait.

Depuis quand tout cela durait ? David l'ignore mais il a abandonné l'envie d'en savoir plus : il serre ses mains sur le cou délicat de Léa, il la regarde se débattre, suffoquer, agoniser. Il fait des allers-retours en regardant cette photo encadrée sur le mur du salon et il pleure. Elle veut l'humilier sans le quitter. Elle ne continuera pas ainsi, il ne peut pas la quitter, c'est sa famille, sa femme, sa vie, elle ne vivra pas sans lui. Plus il serre, plus il oublie les mensonges, l'humiliation, sa colère, son mépris. Ils se retrouveront vite ailleurs. Tous les deux, simplement eux deux. À côté du corps inerte de Léa, David s'ouvre les veines et attrape la main de sa douce… Unis pour le meilleur et pour le pire.

Que penseront les parents de Léa en découvrant cette scène ? Lèveront-ils les yeux pour regarder cette photo ? Que verront-ils derrière elle ? Se diront-ils que leur fille a encore tout gâché ? Se remettront-ils en question ? Se diront-ils que tout ça, c'est à cause des choix qu'ils ont voulus pour lui imposer son bonheur ? S'en remettront-ils tout simplement ? Sait-on vraiment reconnaître le bonheur finalement ?

Photos likées

La photo d'un plat, celui de trop, qui ne passera pas, ne sera ni ingéré, ni digéré… Une assiette magnifiquement présentée, carrée, digne des plus grands chefs étoilés, commandée simplement pour une photo mais aussi parce que l'antipasti était le moins cher de la carte.

Lîna veut paraître, briller et montrer du luxe sans trop de moyens. Il lui manque encore un paquet de followers pour vivre dignement de son talent d'instagrameuse-influenceuse ! Pour l'instant, elle cherche, elle se met en avant, elle montre les endroits les plus beaux, les prises de vues les plus vertigineuses, quitte à parfois mettre Frank en danger… Elle papillonne dans les soirées les plus huppées de la capitale. Gagnant dix à quinze abonnés par semaine, elle manie le sourire et les conseils à tour de bras. Surfant sur la vague du naturel et du bien-être, sans aucune formation, elle distille clairement des informations allant de soi mais que les « suiveurs/euses » ont oubliées… La vie est ainsi.

@Lînaturelle-et-sincère est son nom, son image : Lîna avec un chapeau sur le i comme ceux qu'elle porte sur la tête à longueur de temps. Ce chapeau qui deviendra sa marque de fabrique, de reconnaissance et sa touche d'élégance.

Lîna qui ne profite jamais d'aucun moment, qui fait semblant d'avoir une vie trépidante, exceptionnelle, une vie qui semble sympa et naturelle, franche et sincère…

Mais cela est une image, une triste image. Si les quatre mille abonnés savaient vraiment ce qu'elle pensait, qu'ils ne sont pour elle que des vulgaires pions qui la feront peut-être juste toucher son rêve de célébrité un jour ! Enfin tous les abonnés ne sont pas des pions : ceux et celles qu'elle suit en retour sont ses alter ego. Enfin pense-t-elle, elle aimerait tellement faire partie de leur bande. Alors elle peaufine, réfléchit et suit activement toutes les tendances. Connaître, faire connaître Paris, les quartiers tendance, les prises de vues insolites, les photos en noir et blanc, les pleines lunes sur la Seine, les plats des restaurants les plus chics. À l'image de ce carpaccio melon-pastèque au jambon du Sud-Ouest et *bulles* de Burrata, un plat à 18€ ! Un plat qui vaut à peine 4€ ! 14€ de bénéfice ! C'est restauratrice qu'elle aurait dû être ! Mais pour cela, il fallait un peu de travail et ce travail, elle n'en voulait pas ! Servir les autres comme son père chauffeur de taxi ou sa mère employée chez Onet : jamais de la vie ! Elle voulait le luxe, le calme et la volupté. Quitte à ne plus avoir à donner d'amour ni à en recevoir, elle avait tiré un trait sur ses parents. Trop asservis, ils n'étaient pas son idéal.

Ce jour-là, Frank l'indisposait aussi. Avec son caractère, ses hésitations, sa moue et sa tendance à tout critiquer, elle le sentait moins enclin à la suivre. Il devenait indisponible. Il l'agaçait de plus en plus, lui sortait par les yeux, la dégoûtait presque mais elle avait encore besoin de lui. C'était sa carte de visite, c'est lui qui connaissait tous les videurs de Paris. C'est grâce à lui qu'elle avait quasiment quadruplé son nombre de fans en quelques mois.

Au début, lui aussi était fan d'elle. Il l'avait shooté comme un pro de Marrakech à l'île Maurice. Leurs deux uniques destinations pour le moment, sûrement les dernières s'il continuait comme ça.

Grâce à ces deux voyages, elle avait lancé ses idées de soin naturel « bio » grâce aux huiles d'argan et d'olive marocaines, et à la vanille mauricienne. Elle distillait recettes et conseils ancestraux comme si elle les inventait : c'était tout un art, l'imposture ! C'était un bon début, mais elle avait encore besoin de temps et d'argent. Chaque photo comptait et pouvait toujours attirer plus de followers au hasard des hashtags bien choisis ! Il lui fallait donc la meilleure prise de vue de cette assiette ! Tellement concentrée, Lîna ne se rendit pas compte du départ de Frank. C'est seulement en lui tendant l'assiette à partager qu'elle vit la chaise vide.

C'était la fois de trop, il ne voulait plus passer au second plan : après une photo, après sa volonté, après ses envies, son compte Insta ou ses stories ! Il ne voulait plus manger de carpaccios végans, il voulait bouffer une vraie entrecôte avec des pommes de terre sautées et des champignons ! Il voulait vraiment compter pour elle et ne pas apparaître juste à l'occasion d'un placement de produits. La seule photo de lui sur son compte Instagram à elle, c'est à l'occasion de la Saint-Valentin : lui, avec un t-shirt ridicule à message qu'elle avait eu gratuitement et qu'elle lui avait offert ! Il l'aimait, bien sûr, il avait été fou d'elle et de sa folie, de son ambition et ses idées. Mais il était blessé qu'elle refuse de le suivre sur son compte virtuel, qu'elle refuse cette « officialisation » de leur amour. Il était malheureux, malheureux de faire croire à une vie parfaite, de s'être trompé, de ses caprices, de ses coups de sang et des sourires qu'elle offrait aux autres et que lui devait se contenter de son côté obscur, colérique et plaintif.

Il connaissait la Lîna au naturel et ce n'était pas un cadeau, loin de l'image qu'elle voulait renvoyer. C'était décidé, il l'aimait mais il devait s'en éloigner. Son bien-être mental en dépendait, il risquait de replonger dans une douce dépression sinon. Il ne voulait plus être second, il voulait être lui, autonome, indépendant, il voulait diriger et digérer.

Il savait comment faire pour reprendre le contrôle : il lika la photo de Lîna, commenta « ça avait l'air bon ! » avec le smiley qui se lèche les babines et se désabonna. Un fan en moins ! Une rupture virtuelle pour Lîna bien plus difficile à encaisser qu'une vraie dispute.

Cette photo marque donc un virage pour les deux amoureux. Frank enchaîna les soirées et les filles. Lîna se terra dans la maison familiale quelques semaines à photographier et partager des fleurs, des papillons ou des nuages. Elle surfait un peu sur le concept de bien-être mental et de désintox digitale pour justifier son absence. Frank lui manquait trop. Frank ou leur train de vie ?

Seule, elle n'y arrivait plus… Elle n'avait plus son équilibre, plus personne sur qui s'énerver et pester. Plus personne qui la réconfortait ou la prenait dans ses bras.

Elle ne pouvait rien savoir de ce que Frank vivait : son compte était privé. Elle regrettait maintenant son manque d'intérêt pour lui. Elle cliqua donc pour le suivre.

La notification tant attendue par Frank le fit sourire : elle avait mordu à l'hameçon ! Enfin ! « Un repas ce soir à l'appartement ? »

Il lui servit du melon, de la pastèque, du jambon et de la burrata en entrée. L'entrecôte grillait au four. Une entrée pour oublier leur dernière sortie. Un repas pour montrer qu'il pouvait décider, être un chef !

Frank lui proposa un mariage virtuel : « *@Frank-et-Lîna-For-Life* », un compte en conseil amoureux. Lîna était aux anges. De nouveau en couple, heureuse avec ce nouveau projet, presque un nouvel homme ! Qui sait, bientôt son entrée dans la TV réalité avec son couple star ?

Photos souvenirs

Désert, TidyMess

Ton histoire effacée, châtiment sévère, mémoire
devenue poussière...
Préférer à la douleur, les chimères...

Un papier peint saumon que je ne connais pas. Sur celui-ci, des photos collées, des visages souriants de jeunes gens, d'enfants, des groupes de personnes assises ou debout, des ados en portrait. Des visages que je ne connais ou ne reconnais plus. Des photos que j'ai arrêté de regarder, que j'oublie ou préfère oublier. Je ne me souviens pas de ce que je fais ici, ni depuis quand j'y ai posé mes valises, je ne connais pas cette commode où sont rangées mes affaires, je ne sais pas non plus comment sortir d'ici. Les portes sont toujours fermées.

Je ne connais pas les visages de ceux qui sont là, à côté de moi. Ceux qui marchent sans but, qui déplacent les objets, les meubles des endroits où je les ai posés et qui, quoi qu'il arrive ne seront jamais mis au bon endroit.

Je ne reconnais pas le visage dans le miroir. Le regard est familier mais il a l'air triste, perdu, absent…

Sur les photos au mur, on retrouve ce regard d'un homme bien portant, souriant, vivant.

Dans le miroir, l'homme est maigre, il n'a plus d'expression et ne semble plus savoir sourire.

Je ne me souviens plus combien de temps dure une journée et quand il faut dormir ou manger. Je ne me souviens plus s'il faut boire ou si j'ai déjà bu, si je dois m'habiller ou me déshabiller, où j'ai rangé mes affaires ni où j'ai laissé mes sandales.

Parfois, j'entre dans une chambre au papier peint bleu, j'ouvre un tiroir et j'attrape un gilet. Je le mets, il est un peu étroit mais très confortable et doux. Je laisse mes chaussons au sol comme une preuve et j'avance pieds nus comme l'enfant que je redeviens.
J'ai oublié comment m'occuper, je ne sais plus fixer mon esprit, j'ai oublié ce que j'aimais faire avant, ce que je savais faire ou ce qui m'intéressait.

Parfois je retrouve un geste, je vérifie, je caresse le mur et je fais comme si je l'avais peint. Je voudrais bricoler les radiateurs qui ne fonctionnent plus.

Je ne me souviens pas toujours des visages qui me rendent visite. Ils me parlent, me gâtent de friandises, me sourient, me caressent le bras, le visage. Souvent dans leurs yeux, il y a autant de tristesse et de désarroi que dans ceux du miroir. Ils finissent mes phrases, vont trop vite pour moi, me demandent si je me souviens mais j'ai oublié, je ne me souviens de rien. Du flou, je sais juste qu'avant, ils ont été importants pour moi, que je les ai aimés. Avant ici…

Ils me couvent de leur amour, ils ont peur, ils me demandent de les suivre mais jamais quand ils disparaissent.

Parfois une larme s'échappe de mon œil, on pense que c'est dû à une inflammation oculaire mais elle s'échappe juste d'un corps où les émotions sont emprisonnées. De plus en plus, ce corps se cadenasse de l'intérieur en enfouissant les souvenirs, en les enterrant et en m'enfermant un peu plus entre ces murs.

Je ne sais plus quoi dire, je ne sais plus comment agir. Je commence une phrase et j'oublie la fin au bout de trois mots. J'entends l'agacement dans leurs voix, je suis déjà ailleurs, je suis là mais absent. Mon âme fait parfois quelques apparitions et repart.

Quand je dors, je ne sais jamais si c'est vrai ou non. Quand je suis éveillé, je subis ce long cauchemar. Parfois ce doux sommeil m'appelle et je reste dans un rêve cotonneux. On m'appelle parfois pour me sortir de cette torpeur mais je me sens mieux dans cette fausse réalité alors j'y reste. Puis de nouveau, je me réveille, je suis de nouveau seul et je ne sais plus où je suis ni comment je suis arrivé ici.

Je ne me rappelle pas.
Je ne me rappelle rien.

Je suis désolé, j'ai oublié. Cette tête qui s'en va, cette mémoire qui s'arrête, je me demande pourquoi et combien de temps je vais encore vivre ça… Le temps, c'est ce qu'il me reste mais il ne joue pas avec moi car avec les jours et les semaines, mon passé file lui aussi.

À quoi bon se rendre malheureux et continuer ? Alors marcher, marcher, marcher, marcher, s'épuiser pour mieux dormir et rêver…

Une douce voix me dit : « Tu as oublié mais je me souviens de toi et de tout pour toi… Alors ne t'inquiète pas, tu as été un super grand-père, le meilleur des pépés. » Je m'accroche à ces mots, je sais qu'ils vont s'effacer aussi mais je les garde gravés près de mon cœur. Peut-être que ce n'est pas si grave d'oublier finalement, le cœur retient et eux se souviennent…

Photo de Réveillon (Réveillons-nous !)

> *I'll be there for you,*
> *when the rain starts to pour*
> **Je serai là pour toi,**
> **quand la pluie commencera à tomber**
> *I'll be there for you,*
> *like I've been there before*
> **Je serai là pour toi,**
> **comme je l'ai toujours été**
> *I'll be there for you,*
> *'cause you're there for me too...*
> **Je serai là pour toi,**
> **parce que tu es là pour moi aussi...**

Une photo, une bande d'amis, presque une famille, un évènement festif, une soirée agréable en perspective, le compte à rebours d'une nouvelle année... De nouveaux projets, de nouvelles résolutions, des huîtres, du foie gras, de la bonne humeur, des rires, un chapon et ses petits légumes, du fromage, de la musique, des jeux et un dessert !

Une photo de fête avec les décorations et ballons qui vont avec, mais qui ne sera jamais ni encadrée, ni même imprimée. On la retrouvera en se disant que c'était la dernière d'une époque.

On pourrait pourtant bien s'y tromper. On voudrait volontiers voir une bande de copains telle que dans une fameuse série américaine, une bande de potes ayant chacun des personnalités différentes et bien marquées.

Au centre du cliché, le couple qui vient de se former et s'embrasse à chaque bouchée. C'est la nouvelle venue qui a lancé l'idée de cette photo ! Combien de temps restera-t-elle ? Ils ont l'air si amoureux. Quand on connaît l'éternel célibataire qu'est le jeune homme, on serait presque touché par ce débordement fusionnel.

La jeune fille célibataire sur la photo est finalement celle qui trompe le plus. Elle a un sourire léger et semble être absente et moins à la fête. Quand on apprend qu'elle a perdu son petit ami l'été dernier dans un accident de la route, on se surprendrait presque à penser que finalement elle est plus souriante qu'il n'y paraît.

Peut-être qu'autre chose, dans l'ambiance générale de cette soirée, transperce sur l'image.

Il y a, sur cette photo, deux amis d'enfance qui ont grandi côte à côte, qui ne se quittent jamais et aiment traverser tous les bons moments de la vie ensemble. On croirait deux frères.

Il y a aussi leurs dulcinées : on pourrait voir un quatuor inséparable, une symphonie, une amitié sans nuage ! Bizarrement, on peut remarquer un détail : les deux copains ne sont pas au centre de la photo, ni même à côté, ni bras dessus, bras dessous comme à leur habitude. Ils sont aux extrémités, leurs sourires sont un peu figés et en s'attardant un peu, une des filles semble clairement faire la tête. Les sourires, chapeaux, lunettes dorées de réveillon déguisent donc une ambiance bien pesante au final. Si on savait…

Deux personnages supplémentaires sont sur la photo. Un beau-frère s'est joint au repas et enchaîne verres et joints (justement), pas très stable sur son tabouret, ni dans sa tête. Un voisin intrépide et tête en l'air venu juste « emprunter » un citron (Ingrédient pourtant essentiel à un réveillon pour mettre un zeste de bonne humeur !). Sa présence n'est pas étrangère à l'immortalisation du moment : la photo a été prise justement parce qu'il était là ! Pour l'histoire, la copine poulpe et le voisin sont collègues de travail et en le voyant, elle a jubilé : « Ah Cyril, mais quel hasard ! Tu habites ici ? Allez venez, on prend une photo, tous ensemble ! Je vais l'envoyer à Anne de la compta, elle va être verte si elle croit qu'on passe le réveillon ensemble ! » (Notons les yeux pétillants de la demoiselle comme le champagne dont elle abuse un peu aussi…)

L'origine de la photo est donc un peu limite. Une photo prise pour narguer une collègue. Une photo sur laquelle certains enragent en plus et n'ont sûrement aucune envie d'être ensemble pour la soirée ni même sur papier glacé.

Cette photo, l'unique de la soirée sera donc échangée rapidement sur le groupe WhatsApp « réveillon du nouvel an » qui avait généré les échanges : « Qui amène quoi ? Où est-ce qu'on fait la fête ? Quelle heure ? Besoin d'aide pour la déco ? Qui les achète d'ailleurs ? » Elle apparaîtra peut-être dans une galerie parce qu'automatiquement enregistrée.

D'un côté, il y a ceux qui reçoivent toujours et qui sont pourtant qualifiés de casaniers selon les autres… Eux, si on ne va pas chez eux, on ne les voit pas, ils ne se déplacent pas… Pas de soucis pour eux, ils peuvent boire, et dorment sur place… Mais, c'est surtout eux qui ont le plus grand espace : un pavillon de banlieue avec une chambre d'amis pour l'instant… (Le bébé est en projet pour l'année, il faut en profiter… Ce sera différent le réveillon prochain, espérons-le…) Mais personne ne veut jamais rester sur le clic-clac, alors c'est vrai, ils ont cessé de proposer. Mais recevoir, c'est aussi tout préparer, prévoir, sortir la vaisselle, les nappes, s'occuper de la déco, faire le ménage avant et après, choisir une playlist et cuisiner. Même si chacun emporte un plat pour le repas, recevoir c'est une organisation.

Mais Fleur aime recevoir, elle n'a jamais rien demandé ni reproché à personne, aucun souci avec ça. Mais depuis quelques temps, elle sent que

Marlène apprécie de moins en moins ces moments partagés. Elle ne relève plus les petites piques acerbes venant de sa part, sur le choix de telles ou telles marques, sur la cuisson du pain ou les chansons de la play-list. Finalement, lentement s'est insinuée une espèce de petite jalousie déplacée, mal placée qui ne devrait pas exister. Que se passe-t-il réellement entre ces deux filles, deux copines liées par une amitié masculine, obligées de passer du temps ensemble, beaucoup de temps en attendant que leurs vies ne démarrent ou que leurs relations évoluent plus rapidement (Demande en mariage, bébé, nouvel appartement, déménagement, voyage, etc.). Qui sera la première à avoir tout ça, qui est la petite amie idéale ?

Mais le rêve des deux jeunes filles n'est pas prêt à se réaliser encore. Les deux copains ont toujours plaisanté sur le fait qu'ils feraient leurs demandes en même temps. Une chose est sûre, ce n'est pas au cours de ce réveillon que cela se fera, ni avant, ni après la photo vu la tête des quatre fantastiques ! Cette boutade dure depuis si longtemps que plus rien n'est espéré par les deux copines de toute façon !

Elles y avaient un peu cru lorsque lors d'un dîner romantique, ils leurs avaient proposé un voyage à quatre à Las Vegas ! Une virée pour un mariage dans une chapelle à l'américaine ! Cela n'avait même pas effleuré l'esprit des deux copains ! Ils en avaient plutôt profité pour revivre à deux le remake du film « *Very Bad Trip* » sans les filles ! Marlène, complètement malade de rage et du voyage, avait dès le premier jour déclaré une gastro carabinée. Fleur, bonne poire, était restée à son chevet à la regarder dormir et se vider… lui tenant les cheveux et nettoyant les accidents. De ce voyage non plus, pas beaucoup de photos à quatre. Un signe ? Sur celle de l'arrivée, Marlène est déjà blanche et jaune de bile.

Au prix du voyage, Fleur avait dit aux garçons qu'ils pouvaient en profiter pour elles et qu'elle veillerait sur son amie. Enfin, son amie forcée. Cette dernière ne l'entendait pas de cette oreille et cela ne faisait qu'accroître son agacement contre sainte Fleur ! Elle aurait préféré gâcher le week-end de son amoureux qui aurait dû rester à son chevet ! Depuis ce voyage, huit mois plus tôt, une distance s'était un peu installée, imposée… Il y avait souvent des prétextes pour ne pas pouvoir se voir, même pour une simple soirée. Les non-dits étaient devenus la base. Sans doute qu'au sein de chaque couple, on parlait des autres avec plus ou moins de bienveillance. Marlène construisait ça doucement.

Les vacances avaient été annulées après l'accident de Tristan, leur vieux copain de collège. Même si eux étaient inséparables comme deux frères, Tristan était un peu le troisième mousquetaire ! Les copains d'enfance avaient fait face ensemble à l'insurmontable, à un deuil insupportable. Encore une fois, sainte Fleur avait été remarquable, pensant à chacun et s'occupant de Lise, la petite amie de Tristan depuis six mois. Une récente amourette, une chouette fille que tous connaissaient peu mais qui n'avait pas mérité ça. Elle-même le reconnaissait, elle les remerciait d'être présents pour elle. Elle avait rencontré Tristan à son arrivée en métropole. Jolie métisse de la Réunion, elle avait obtenu un poste à Paris et mis à part une cousine en Province, Tristan avait été sa seule rencontre, un coup de foudre inespéré. Ils avaient coulé de doux jours paisibles jusqu'à l'accident. Elle s'était retrouvée seule et avait apprécié la présence de Fleur.

De manière évidente, elle était donc arrivée un peu plus tôt pour aider Fleur le soir du réveillon, réveillon auquel elle était invitée sans vraiment faire partie de la bande. Le sentiment d'être là par la force des choses, par obligation. Mais Fleur lui avait signalé qu'en métropole, on ne laissait personne seul un soir de 31 décembre ! « Un couvert de plus, ce n'est rien ! Et ce n'est pas avec ce que tu manges ! ... » C'est vrai qu'elle était plutôt menue, pas très épaisse... Elle aurait surtout voulu être invisible, disparaître quand la dispute avait éclaté.

Elle et Fleur avaient terminé de dresser la table quand Marlène était arrivée avec son cher et tendre, qui était tout de suite reparti chercher la bouteille de vin oubliée dans la voiture. (Allez savoir si elle ne l'avait pas fait exprès !) Marlène en avait profité pour lâcher : « Merci pour ton message de remerciement pour le bouquet, j'ai attendu ! Maintenant, il est à la poubelle ! » Marlène aimait envoyer des bouquets depuis Internet sans mots ni signature ! Elle aimait aussi qu'on remercie sa générosité avec tag et photo sur les réseaux sociaux ! Fleur ne s'était même pas doutée qu'il venait de Marlène. Elle l'avait jeté le matin même car il était déjà bien abîmé ! Fleur avait répondu : « Ah, ce pauvre bouquet, il était déjà bien fané en arrivant ! Les fleurs supportent mal les voyages en avion… » et sur le ton de la boutade, elle avait ajouté : « Un peu comme toi, tu ne supportes pas les voyages en avion… » Et elle avait pouffé sans aucune animosité ni méchanceté. Marlène était déjà rouge de colère, comme si elle n'attendait que cette étincelle pour allumer la mèche, comme si ça arrivait plus vite que prévu finalement ! On aurait dit que sa comédie était bien préparée, elle espérait sans doute repartir aussi sec de ce réveillon où elle venait à contre-cœur ! Des plats surgelés de fête attendaient dans le congélateur au cas où… Mais ça, on ne le dira pas pour laisser une chance d'avoir un doute sur l'origine de la dispute.

Marlène avait vociféré : « Mais, merci, je ne disais pas ça pour que TU me rappelles le voyage que je vous ai gâché ! D'ailleurs, je t'ai remboursé ta part, non ? Là encore, j'attends un remerciement, mais avec vous… ! »

Fleur avait gardé son sang-froid. Son compagnon était dans la salle de bain et Lise s'était échappée sans un bruit vers la cuisine. Elle était en tête-à-tête avec Marlène. Elle devait faire attention à ce qu'elle allait dire : ce serait sa parole contre la sienne ! Elle lui lâcha sobrement qu'elle ne lui avait rien demandé de tel. Avec le recul, quels qu'auraient été les mots utilisés, elle se dit que cette dispute avait été préméditée et orchestrée avec brio par cette peste de Marlène !

Bouteille à la main et grand sourire, Alex arriva tout guilleret quand Marlène tenta sèchement : « On part, on n'a plus rien à foutre ici, je te l'avais dit, tes amis sont odieux ! Fleur vient de me dire qu'on pouvait garder nos sous au lieu d'en faire l'étalage ! »

Benoît sortait juste de la salle de bain et s'était approché à cause des éclats de voix : une dispute avait alors éclaté sur fond de vieilles rancœurs, de vieux dossiers entre les deux amis d'enfance, chacun défendant son aimée ! Fleur était mortifiée, Marlène jubilait et c'est l'arrivée des autres invités qui avait clôturé le débat ! « On en reparlera une autre fois… » avait lâché Benoît.

Marlène avait fait la moue, elle aurait préféré repartir mais son plan avait en partie échoué… D'où son air dépité sur la photo… Elle prenait l'air blessé, se faisait passer pour une victime surtout auprès d'Alex. Si elle réussissait son coup, c'était peut-être la dernière soirée avec ces ploucs !

La soirée avait donc commencé avec de fausses effusions, de fausses histoires drôles, des souvenirs répétés tant de fois qu'on les connaissait par cœur, des regards fuyants et des silences pesants. Les garçons avaient ouvert les huîtres sans incidents, ni accidents. Le vin avait apaisé un peu les esprits et le voisin avait sonné. La copine amoureuse transie s'était esclaffée en voyant Cyril et avait réussi à avoir tout le monde pour cette unique photo de la soirée… Tout le monde (ou presque) avait souri et c'était dans la boîte ! La photo avait été partagée sur le groupe puis oubliée. Elle avait rendu un peu jalouse une certaine Anne de la compta et était peut-être la dernière d'une histoire.

La soirée s'était vite terminée vers minuit dix. Après le rituel des vœux, le couple de jeunes amoureux avait préféré poursuivre la fête sous sa couette : même s'ils n'avaient rien vu de la dispute, l'ambiance était moins festive qu'habituellement ! « Peut-être qu'on n'a plus besoin des autres quand on est amoureux, avait pensé l'ancien célibataire coureur de jupons. »

Marlène et Alex avaient ramené le frère éméché chez lui. C'était sur leur route. Il s'était endormi sur la banquette arrière. On n'entendait que ses ronflements dans l'habitacle.

Lise, elle, avait pris un taxi. Elle ne conduisait plus depuis l'accident.

Tous avaient donc quitté la soirée et Marlène était sortie du groupe WhatsApp *« Soirée du réveillon »* dans la nuit pour bien montrer sa colère.

Plus rien n'a jamais été pareil après cette soirée. Benoît et Alex ont mis quelques semaines à se rappeler. Fleur ne savait plus quoi faire pour arrondir les angles, elle faisait tout pour apaiser les tensions et minimiser ce qu'avait dit Alex. Elle savait surtout que Benoît était malheureux. Elle avait même essayé d'appeler Marlène mais elle ne lui répondait pas. Des retrouvailles et une discussion n'étaient pas à l'ordre du jour.

Marlène réussirait-elle vraiment à faire exploser cette amitié ? Amis depuis la maternelle, co-équipiers dans toutes les équipes du coin depuis leur plus jeune âge, fêtes, examens, chagrins d'amour, voyages, coloc, premiers jobs… Que peut-on espérer ? Quelle serait la photo suivante ?

<u>Proposition 1</u> : photos de mariage. Benoît et Alex se marient chacun de leur côté sans choisir l'autre comme témoin… Alex est au mariage de Benoît et Benoît à celui d'Alex mais au troisième rang sur la photo de groupe. Depuis deux ans et ce fameux

réveillon, ils ne se sont pas beaucoup téléphoné, juste pour des anniversaires ou gros évènements. Il y a eu quelques repas entre garçons mais finalement il y aura toujours une excuse pour justifier cette prise de distance. Arguant parfois une surcharge de travail ou encore l'arrivée d'un heureux évènement chez Benoît dont Alex sera quasiment absent. Les deux amis se trouveront moins de points communs et ne riront plus aux mêmes blagues… Ils trouveront aussi une nouvelle bande d'amis. L'amour aura vraiment triomphé pour cette fois, mais est-ce ce que l'on espérait cette fois ?

<u>Proposition 2</u> : réveillon suivant, même vaisselle, même nappe, même menu pratiquement… Pas de voisin citronné, pas de beau-frère bourré, les amoureux transis sont toujours là mais le sont moins. Suspense… Qui sont les cinq autres sourires sur la photo ?

Depuis un an, tout a changé. Marlène n'est plus là. Son visage feignant la tristesse, dégoulinant de rage, exaspérée par une amitié trop présente sera figée sur une vieille image d'un réveillon raté, oublié et relégué au plan des mises en garde.

Aucune fille ne sera assez forte pour détruire ce lien. Alex avait mis quelques mois à comprendre, il avait revu Benoît un peu en cachette sans en parler à Marlène et avait fini par se rendre à l'évidence.

Un dimanche soir, il était arrivé chez Benoît et sans un mot, pour quelques semaines, avait investi le clic-clac. Plus jamais Marlène n'avait été évoquée, il s'était juste excusé de sa passivité et des mots qui avaient pu les blesser. Il était heureux de pouvoir compter sur eux. Petit à petit, il s'était reconstruit. Chez ses amis, il avait retrouvé sa joie de vivre, sa confiance en lui et même l'Amour. Lise au sourire triste était rayonnante cette année. Elle, aussi grâce à Alex, regoûtait au plaisir de vivre et de profiter du jour présent. C'étaient eux, les amoureux transis cette année ! Mais ils resteraient à la fête jusqu'au bout de la nuit, dormiraient dans le clic-clac près du lit à barreaux. Vide pour le moment…

Le nouveau-né d'une semaine (né le jour de Noël) dormant encore dans le couffin près de sa maman, était bien le dernier visage de cette photo de fête !

La vie ne tient souvent qu'à un choix, une prise de conscience et il suffit parfois de s'éloigner pour s'envoler vers de plus larges horizons... Une dernière photo n'est pas toujours une fin malheureuse mais peut être le début d'autre chose... Un nouveau bonheur...

Photos d'amies : à l'amitié, à la vie...

Je te donne,
Jean-Jacques Goldman, Mickael Jones

Je te donne nos doutes
et notre indicible espoir,
Les questions que les routes
ont laissées dans l'histoire.

Cette photo, c'est une photo d'amies, trois amies… Une photo souvenir pour dire que malgré les épreuves de la vie, elles seront bien présentes les unes pour les autres. Tout cela malgré la routine et les responsabilités, le travail et les obligations, la tâche de chaque jour et la charge mentale. Le cadre est resserré, la photo pourrait être prise dans un parc, en ville ou sur un parking. On ne distingue pas vraiment le bâtiment du fond, qui est un hôpital.

Oui, c'est un hôpital, il y a quelques jours, elles ont été balancées dans un univers aseptisé aux mots inconnus : cathéter, sonde, tensions, électrodes, hémiplégie, neurologie, test, AVC, heures de visite, Kardegic[18], fausse route, déambulateur, rééducation...

Cette photo n'est pas celle d'amies prenant un verre, qui oublieront cet instant le lendemain en comptant les likes sur Instagram ou scruteront ceux qui ont regardé les stories de la soirée pour jauger leur popularité. Non, c'est une photo d'après-midi d'hiver, une photo qui n'appartiendra qu'à elles, seulement à elles. Elles l'auront chacune dans un coin de leur maison et de leur cœur. Une photo, symbole de la vie qui ne tient qu'à un fil... Elles avaient été présentes dès le premier jour après l'accident, dès qu'elles avaient pu discrètement se faufiler dans la chambre à l'insu des infirmières.

De son lit d'hôpital, elle en garde un souvenir flou, comme un rêve cotonneux mais elle sait que les mots prononcés l'ont aidée à se relever.

---

18 Médicament réservé à l'adulte préconisé dans le traitement de certaines affections des vaisseaux et du cœur.

Cette photo montre leur solidarité, leur lien, les non-dits, les sentiments, les émotions et tout ce qu'on comprend sans le dire. C'est ça, l'Amitié avec un grand A, partager des rires et des larmes, des espoirs et des peurs.

Cette photo n'est ni la première, ni la dernière mais elle a une teinte particulière. C'est la première d'après accident, on y voit encore les stigmates de ce virage de la vie pour celle qui est devenue patiente et qui, pour quelques mois, devra le rester. Elle ne sait encore rien des mois à venir, de la durée de son hospitalisation, de rééducation, des rencontres qu'elle fera, de comment vont ses enfants et de comment elle arrivera à préparer Noël... Elle se demande si elle cuisinera de nouveau, si elle pourra reconduire, encore danser ou nager dans la mer ! Elle ne sait rien mais pourtant elle sourit car elle est juste heureuse d'être en vie et avec ses amies.

Elle n'est pas très riche mais cette présence vaut une fortune !

Alors c'est vrai qu'elles ne seront pas toujours aussi proches, la routine reprendra son cours, elles ne comprendront pas toujours ni tout à fait son mal-être et ses angoisses mais qu'importe, c'est aussi ça l'amitié. Se séparer un peu pour mieux se retrouver comme si tout n'avait jamais changé ! Ne pas faire semblant juste pour une photo. Alors, oui, cette photo ne sera jamais partagée, elle restera un joyau précieux conservé sous verre pour trois amies, à la vie… à la vie...

Photo de classe : copains d'avant[19]

Je souris malgré moi, rien qu'à te regarder
Si les mois, les années marquent souvent les êtres
Toi, tu n'as pas changé, la coiffure peut-être
Non je n'ai rien oublié.

« Salut Émilie, tu te souviens de moi ? Damien Duval (D.D.), 4ème B, on a été amis quelques temps et puis j'avais dû repartir. On était amis, peut-être un peu ensemble, non ? Enfin je crois que j'étais très amoureux de toi sans te le dire… J'avais essayé de te le faire comprendre ce jour-là en sortant du cinéma. On était allés voir Roméo+Juliette. Ce jour-là, tu portais la même chemise que Claire Danes ! On avait ri ! Il faisait froid, j'avais essayé de te prendre dans mes bras mais tu as dû vite attraper ton bus ! Le dernier… Il fallait que tu rentres chez toi, je me souviens de tout, c'était au printemps 1996. Le lendemain, on

---

[19] Réseau social où l'on peut retrouver d'anciens copains d'école, de collège ou de lycée.

me retirait d'urgence d'une famille d'accueil où j'étais bien et j'ai fini dans un foyer dans le sud de la France. En partant, j'ai laissé ton numéro de téléphone dans un carnet oublié, et puis à quoi bon ? Pourquoi te rappeler, t'expliquer, te raconter mon histoire ? Ce père fou furieux qui voulait me récupérer à sa sortie de prison pour me faire encore plus payer mon existence... »

Un peu misérable cette histoire. Revenir vingt-cinq ans après, avec ces détails. Un vieux copain de collège, comme si elle pouvait se souvenir de lui ! Damien effaça ce premier message et recommença.

« Salut Émilie ! J'ai trouvé amusant de retrouver cette photo par hasard ! Tu vis toujours à Antony ? Ce serait sympa de se revoir, ça te dirait ? » Un peu court et psychopathe comme approche... Genre Tinder des photos de classe et des copains d'une autre époque...

Qu'écrire simplement pour espérer la réponse d'une fille devenue femme qui avait été un premier flirt de collège, une fille sympa qui s'était préoccupée d'un pauvre gars, nouveau arrivé de nulle part… Un pauvre gars parti du jour au lendemain… sans laisser d'adresse.

« Salut Émilie, tu te souviens de moi ? Damien Duval, 4ème B, on a été amis quelques temps et puis j'avais dû repartir. On m'appelait D.D. Je suis revenu il y a quelques mois en région parisienne. Toujours à Antony ? Que deviens-tu ? »

Simple et efficace. Il évite les détails, si elle répond, il lui en donnera. Mais un premier message peut-être pour jouer les vieux copains lambda. Il captura l'image de la photo de classe qu'il n'avait jamais vue avant à cause de son départ précipité et sourit à ce souvenir du siècle dernier trouvé sur un site d'archives.

Émilie sortait d'un rendez-vous client quand elle vit le mail du site de photo de classe. La notification parlait d'un nouveau message de Damien Duval. Son cœur accéléra ! D.D. ! Jamais elle n'avait eu de ses nouvelles. Il était parti du jour au lendemain et elle n'avait jamais su pourquoi… Les adultes du collège avaient été très discrets et n'avaient jamais rien voulu révéler. La photo de classe était arrivée quelques semaines après et c'était le seul souvenir qu'il lui était resté de ce garçon mystérieux pour lequel, il fallait bien le dire, elle avait eu un petit béguin !

C'était étrange de se dire que le message d'un parfait inconnu pouvait lui faire cet effet ! Parfait, c'était bien le mot. Émilie n'avait jamais cessé de penser à lui tout au long de sa fin de collège ! Elle avait tellement espéré son retour. Mais D.D. était sans doute resté son premier amoureux qui avait un peu compté, un amoureux mystérieux et qui lui paraissait cependant si proche de ses attentes à l'époque… Elle avait précieusement gardé ce secret et découpé la photo de classe où par chance, ils étaient à côté ! Amusant que ce soit grâce à cette photo que Damien l'ait retrouvée car la sienne était découpée ! C'était donc une autre camarade conservatrice qui avait partagé la photo sur le site. La dernière année de collège était passée, le brevet et les années lycée… Le souvenir s'était estompé et elle avait vécu d'autres histoires, avait connu d'autres chagrins et avait quitté des garçons… Le cœur battant, elle avait quelques fois cherché son nom sur google ou autres réseaux, alors ce message aujourd'hui c'était un sacré clin d'œil de la vie ! Surtout que cela faisait effectivement quelques mois que la vie d'Émilie était vide…

Le soir même, avec un verre de vin, Émilie se lança :

« Coucou D.D. ! Non je ne t'ai pas oublié ! Je n'ai jamais quitté Antony ! » …. Nul ! Mais d'une part, c'était bien Anthony, son dernier petit ami qui l'avait quittée et cette phrase lui paraissait bien bizarre ! Ensuite répondre aussi vite à un vieux flirt qu'on ne l'a pas oublié, un peu immature !

Elle décida donc de laisser la nuit lui porter conseil mais vers 4 heures du matin, elle ne pouvait plus dormir, alors elle se relança :

« Hello Damien, ouiiiiiiiiiii ! Comment vas-tu ? Ça fait plaisir d'avoir de tes nouvelles ! Comment vas-tu ? Que deviens-tu ? Je vis toujours à

Antony, et toi, tu as vécu où ? Je t'avoue que c'est un peu bizarre de t'écrire car on ne se connaît pas mais il n'y a pas de hasard et je pense que je serai très heureuse de te revoir ! Que dirais-tu de se retrouver mercredi à 19h devant le ciné où on s'est vus la dernière fois ? Il y a si longtemps ! » Émilie cliqua sans réfléchir sur l'envoi du message comme si elle était encore en plein sommeil ! Elle se rendormit.

À son réveil, le souvenir de son envoi nocturne la consterna ! Quelle folie ! Elle sauta sur son ordi posé au pied du lit. Damien avait répondu un simple OK !

La journée avait été très particulière pour chacun mais tout ça, c'est une autre histoire…

— Madame Duval, commandez-vous la photo de classe ?

— Oh oui, Maman, commande-la s'il te plaît ! supplia Claire…

Émilie Duval revint à la réalité et sourit…
L'évocation de la commande de photo de classe
lui avait simplement rappelé ses retrouvailles avec
celui qui était devenu son mari et le père de son
enfant !

— Bien sûr, je vous porterai la monnaie
demain.

En partant main dans la main avec sa maman,
Claire chuchota à sa maman : « Comme ça, tu
verras mon amoureux, Maman. »

Photo d'antan pour une seconde jeunesse #10ANS

<u>Fondamental,</u> Calogero

Toutes ces pierres sur lesquelles on se hisse
Et qui font de nous un édifice
On a tous au fond du mental
Toutes ces choses fondamentales.

Elle a 10 ans. Dix ans de fidélité, de fidélité au boucher, au poissonnier, au boulanger, à la maison de la presse, au médecin, au pharmacien, au dentiste, à la même radio, aux mêmes émissions de télévision, aux mêmes repas et aux mêmes corvées !

Tous le deux jours une baguette pas trop cuite, le samedi un chausson aux pommes, le lundi, une escalope de veau, le mercredi, un pavé de saumon et le dimanche, une cuisse de poulet… Tous les lundis, elle s'occupe du linge qu'elle repasse le mardi, elle fait le ménage le vendredi, elle change les draps tous les 15 jours et fait les poussières « hautes » en alternance…

La radio allumée chaque matin sur France Inter, elle passe ensuite à la même chaîne pour les jeux télévisés puis les informations. Les après-midis sont rythmés de la même façon : lecture du journal, les avis de décès en premier, les articles locaux puis les mots croisés. Elle rallume ensuite la télévision et regarde les séries du soir en réchauffant le dîner...

Une vie bien huilée mais au fond Georgette n'aime ni le veau, ni le saumon. Elle préférerait de loin une bavette de bœuf cuisson bleue et un filet de merlu ou de cabillaud ! Pour la cuisse de poulet, c'est pareil. Elle adorerait aussi croquer dans le croustillant du pain un peu plus doré... Mais pourquoi avoir gardé ces habitudes après la mort de Bernard ? Pourquoi si longtemps ?

La veille, elle avait lu un avis de décès qui l'avait chamboulée ! Simone, son amie d'enfance... *Son mari, ses enfants, ses petits-enfants, proches et parents ont la douleur de vous annoncer le décès de Simone DUVAL née SICOURT dans sa soixante-quinzième année...* Simone, sa petite Simone : elles se sont accompagnées dès le jardin d'enfants, elles ont passé l'adolescence à partager

leurs rêves et elles avaient fini par se marier…
Simone était partie vivre à Paris et ne revenait
presque jamais. Quand après sa retraite elle s'était
installée dans la maison de ses parents, elles
avaient à peine essayé de renouer. Georgette en
avait parlé à son mari et aurait quand même voulu
les inviter. Bernard avait trouvé désolant de perdre
son temps avec ces vieilles amitiés et elle n'avait
pas insisté… Ils avaient également refusé leur
invitation à dîner plusieurs fois et les liens
s'étaient effilés. Elles se contentaient simplement
de se saluer quand elles se croisaient.
Aujourd'hui, ce temps était aussi perdu.

Ce matin-là donc, elle tourne le bouton de la radio
et trouve une nouvelle station plus musicale, plus
locale, plus joyeuse : c'est la première entorse à sa
routine. Elle sort ensuite le vieil album photo…

De son baptême avec ses parents, marraine et
parrain, à son mariage, aux premières photos de
son fils et celles des communions… Elle détaille
chaque visage et cherche le souvenir de ces
moments de vie… Elle veut surtout revoir
Simone : son air espiègle et confiant en l'avenir !
Elle retrouve facilement son amie et lui sourit…

Pourquoi n'ont-elles pas pris plus le temps de se voir et de se retrouver surtout après le décès de Bernard ? Leurs obligations quotidiennes ? Georgette pleure doucement en silence... Elle tourne les pages et se souvient... Du temps d'avant...

Sur celle-là, elle a 10 ans, c'est sa première communion... Sa marraine l'avait coiffée et elle est encore très fière de cette robe mini-jupe qu'on lui avait achetée... 10 ans de vie... Que penserait l'enfant de 10 ans de sa vie d'aujourd'hui ? Lui dirait-elle qu'elle a gâché ses chances : chances de devenir astronaute, écrivain ou archéologue ? Penserait-elle que finalement la vie, c'est bien triste quand on la vit chaque jour de la même façon et seule...

Dix ans quand on est enfant, c'est long mais aujourd'hui, elle pense que les dix dernières années sont passées en un claquement de doigts : très vite, trop vite ... Veuve à 65 ans sans trop de tristesse finalement.

L'amour avait laissé place à des habitudes et de l'obéissance, des rigueurs et de la déception. Surtout depuis la mort accidentelle de leur seul fils quelques années auparavant… Il avait fallu continuer et finalement peut-être avait-elle essayé d'oublier les mauvais moments avec ce mode automatique ? Continuer de vivre avec un quotidien sans surprise.

Ce matin-là, elle décida aussi d'aller au cinéma… Elle se l'interdisait depuis si longtemps et pourtant elle aimait tellement ça ! Une toile, un film drôle ou pas, peu importe… Du moment que ça lui change sa routine ! C'est dans l'obscurité de la salle qu'elle décida de voyager ! Les capitales européennes pour commencer : Amsterdam, Bruxelles, Berlin et Paris ! Berlin où elle pourrait rendre visite à sa petite fille ! Elles se voyaient peu, la jeune fille avait vécu avec sa mère depuis le décès de son père. Mais c'est quand même elle qui lui avait installé Internet et un ordinateur pour qu'elles puissent se voir chaque dimanche soir et ça, bien avant ce foutu covid !

C'était un rendez-vous incontournable mais une vraie habitude qui la tenait : chaque dimanche soir, devant l'ordinateur, elle attendait l'appel en visio.

Si elle voyageait, elle aurait besoin d'un téléphone pour cet appel ! Oui, un smartphone de jeunes pour envoyer des messages écrits ou vocaux sans risquer de parler à son interlocuteur en direct ! Prendre des photos aussi ! Elle en rêvait depuis si longtemps.

Après le cinéma, elle était donc passée à la boutique de téléphonie pour souscrire à un forfait et acheter un téléphone dernier cri... Le « petit vendeur » lui avait bien tout installé, tout expliqué et lui avait fait souscrire à l'abonnement le plus adapté à ses besoins. « Je serais vous, je ne m'engagerais pas plus ! » lui avait-il dit. Elle lui avait répondu : « Vous n'avez pas idée de comment l'engagement fait partie de mon quotidien ! Alors payer un peu plus pour être libérée finalement, je m'en fous royalement ! » Georgette avait toujours eu un second degré pour s'exprimer !

Il lui avait même installé les applications de réseaux sociaux et avait enregistré le numéro de téléphone de sa petite Élisa.
Ensuite, elle passa à l'agence de voyage où elle se décida pour un tour des capitales européennes qui

partait le lundi suivant. Elle téléphona ensuite à Élisa pour la prévenir de son passage à Berlin le week-end en huit… Une manière de parler vieillotte mais qu'Élisa avait bien compris… Elle avait surtout compris que sa grand-mère avait enfin décidé de profiter et c'était une grande nouvelle !

Ce jour-là, Georgette passa l'après-midi à surfer non pas sur les vagues mais sur Internet : repérant les musées et lieux qu'elle irait voir pendant les quartiers libres. Ce seront la maison d'Anne Franck et le musée Van Gogh à Amsterdam. Elle chercha où manger la meilleure gaufre de Bruxelles et bien sûr repéra l'adresse d'Élisa. Mais surtout elle fit tout pour retrouver Paul… Paul Carré… Il y a quelques mois, elle avait vu une émission qui racontait comment deux retraités s'étaient retrouvés pour vivre une deuxième vie alors qu'ils avaient été amoureux enfants et chaque été de leur adolescence… Elle avait souri et s'était imaginé cette vie… Elle avait publié en photo de profil son portrait de communiante sur son nouveau compte au logo blanc et bleu. Bien sûr, Paul ne pouvait que la reconnaître ainsi ! Georgette avait 75 ans mais elle se débrouillait plutôt pas mal avec les nouveaux outils… Elle se décida à écrire un premier post :

« Cher vous, Je m'appelle Georgette, j'ai 75 ans, je vais utiliser ce mur. C'est comme ça qu'on dit, il paraît, même si ça ne ressemble pas vraiment à un mur. Un mur bloque, et je veux juste avancer et vous aider à ne pas faire comme moi. Je vais donc utiliser ce mur pour vous raconter ce nouveau départ. Je suis heureuse de commencer à vous écrire. J'ai pris la grande décision de reprendre ma vie où mes rêves ont été arrêtés. Il n'est jamais trop tard pour réaliser son aventure ! À bientôt ! »

Elle se rendit aux obsèques de Simone, l'église était pleine : elle trouva difficilement une place au fond pour assister à une cérémonie émouvante et qui lui ouvrit encore plus les yeux sur le vide de son existence ! Merci Simone pour ce dernier clin d'œil et coup de pouce ! Effectivement, ce ne sont pas ses meubles sans poussière, son linge bien repassé et ses journées bien rangées qui viendraient lui rendre un dernier hommage le jour où ça lui arriverait ! Simone, en plus d'une grande et belle famille, avait une vie sociale bien remplie… Georgette n'avait jamais été très pieuse, ni fidèle à l'Église d'ailleurs ... Non, ça aussi Bernard trouvait que c'était une perte de temps. Il avait consenti aux grandes cérémonies : baptêmes, mariages ou communions mais simplement pour la forme et les apparences. Passer pour des gens bien respectant les traditions... Il était comme ça, Bernard, il voulait juste paraître un homme bon. Après la mort de son fils, elle y aurait peut-être trouvé un refuge, c'est ce que le prêtre lui avait dit. Mais, elle avait inconsciemment continué... Le saumon du mercredi, le chausson aux pommes du samedi, la cuisse de poulet du dimanche ...

Georgette se promit dans cette église à la lumière colorée par les vitraux de vivre selon ses envies et de ne plus être esclave de détails qu'elle n'avait pas choisis !

Pendant les trois jours suivants, elle se prépara à son voyage, entassant les tenues dans une valise et prévoyant quand même de laisser une maison propre et nette. (On ne lâche pas prise si facilement !)

Au matin de ce troisième jour, elle reçut même une drôle de visite : la boulangère et le boucher qui s'inquiétaient de ne pas l'avoir vue... Georgette trouva l'attention touchante, elle n'était pas une simple cliente « habituée », ils s'étaient fait du souci pour elle. C'est autour d'un thé et de petits gâteaux qu'elle leur raconta sa décision et ils l'encouragèrent : ils garderaient contact par les réseaux ! C'étaient deux nouveaux « amis » sur sa page !

Le soir, Élisa l'encouragea et lui promit une belle surprise à Berlin !

C'est avec un souffle nouveau de liberté que Georgette monta pour la première fois dans un avion ! Chaque jour était différent de la veille, elle goûtait au délice de l'inconnu et elle retrouverait finalement peut-être les 10 ans qu'elle pensait avoir perdus !

« Cher vous, je suis contente de vous écrire... Ces derniers dix jours ont été riches en tout point ! J'ai découvert des paysages dont j'avais rêvé et que je n'avais vus qu'à la télé ! J'ai goûté des mets que je n'aurais jamais osé me préparer et j'ai fait de belles rencontres ! Un petit clin d'œil à mes nouveaux lecteurs, mes rencontres de voyage et à mes lecteurs du village : je vais bien ! J'ai plus appris ces derniers jours que dans le demi-siècle dernier ! Il n'est jamais vraiment trop

tard... J'ai vécu enfermée avec moi-même, je m'envole enfin et je n'ai même pas eu peur de l'avion ! J'arrive bientôt à Berlin où je vais retrouver Élisa, ma petite fille qui m'a concocté pleins de surprises, j'ai hâte ! À très vite ! »

Les commentaires encourageants se multipliaient sur ces petits messages que Georgette écrivait chaque jour. Elle était si sympathique, bienveillante et sociable que toutes les personnes qu'elle rencontrait se prenaient d'affection pour elle. Elles la prenaient tantôt pour une vieille tante, une mère ou une grand-mère qu'elles avaient ou avaient eue. Pour tous, ce que Georgette osait faire était une folie mais bien la preuve que la vie continue tant qu'on respire !

Les retrouvailles avec Élisa furent chaleureuses : cette grand-mère montrait un bel exemple ! Lors du dîner avant la visite à l'opéra et la représentation, Élisa lui annonça qu'elle avait réservé une grande nouvelle. Non, elle ne se mariait pas et n'était pas enceinte ! Non, elle avait juste retrouvé Paul Carré et il avait hâte de la revoir aussi ! Elle lui raconta comment elle avait lancé une bouteille à la mer sur un site d'anciens camarades en utilisant la photographie de jeune communiante. Georgette pouffa : finalement même avec les nouvelles technologies, ce sont les anciennes techniques qui réussissent ! Pour couper toutes les inquiétudes de sa grand-mère, Élisa lui montra une photographie qu'il lui avait envoyée : il avait toujours son petit air de De Niro et sa fossette… Grand-mère et petite-fille partirent dans un fou rire : deux jeunes filles en fleur dont l'une voulait caser la plus vieille… La beaucoup plus vieille ! Elles renvoyèrent une photo de cet instant à Paul pour confirmer un futur rendez-vous !

C'est donc à Paris qu'elle retrouva, place des Tertres sous un beau soleil, soixante-cinq ans plus tard, son amoureux d'école… Improbable pour la femme si rangée qui n'attendait plus grand-chose de l'existence… Les moments furent doux. Ils parlèrent de Simone bien sûr. Ils échangèrent sur leurs vies, les bonheurs et malheurs qui les avaient traversés, leurs attentes et leurs déceptions. Ils partagèrent leurs quotidiens esseulés sans horizon et en quelques heures s'entendirent pour créer ensemble une nouvelle destinée !

C'est sous une photo de leurs deux silhouettes, dans l'ombre d'une pleine lune inondant le pont des Arts, que Georgette écrivit :

« Le temps perdu ne se rattrape pas donc à quoi bon pleurer sur ce que nous n'avons pas fait ? Le temps est à nous et nous pouvons le façonner à notre volonté. Mon voyage va encore continuer ! Paul a envie de m'accompagner et c'est avec joie que j'ai accepté. Nous souhaitons visiter le nouveau monde ! Les Amériques ! Nous allons déposer nos demandes de passeport. (D'ailleurs si quelqu'un connaît quelqu'un qui connaît quelqu'un pour que ça aille plus vite... Écrivez-moi !)

En attendant, nous allons visiter les châteaux de la Loire ! Je reviens bientôt au village pour une petite halte : à mes commerçants préférés, je vous commanderai sûrement des côtes de bœuf et pains aux raisins, ne soyez pas étonnés ! »

Bien sûr, les semaines qui suivirent furent encore exceptionnelles. Les rencontres et les visites se poursuivaient et deux mois plus tard, leurs passeports étaient retirés ! (Sans passe-droit donc...)

C'est ainsi que les deux jeunes tourtereaux s'envolèrent pour l'Amérique pour un périple entre le Canada et les États-Unis… En camping-car, bien entendu ! Quelques habitudes ont perduré : l'appel à Élisa du dimanche soir, le ménage du vendredi et la lessive du lundi ! On peut lâcher prise et rester ordonné ! D'autres routines se sont installées : une photographie d'eux devant chaque monument ou endroit important qu'ils visitaient. Photographies que Georgette partageait sur son compte bleu et blanc et dont le nombre de suiveurs augmentait tranquillement encore et encore… Après dix ans de solitude, nos deux acolytes continuaient de s'ouvrir aux autres et à être heureux !

Georgette était aussi férue de cinéma, vous en doutiez ? Elle essaya de retrouver certains décors et sur un banc célèbre d'un film des années quatre-vingt-dix[20], Paul la prit en photo et elle écrivit un de ses posts les plus partagés !

« La vie, c'est comme un cône glacé au chocolat, plus on avance, plus elle se rétrécit donc il faut

---

[20] Référence au film Forrest Gump de Robert Zemeckis

œuvrer chaque jour à profiter, ne jamais oublier que le meilleur est toujours pour la fin ! Croquer chaque morceau de son existence jusqu'au dernier bout de chocolat : la vie est une fête ! Et si vous aussi, vous décidiez de faire le point des dix dernières années pour ne pas perdre les dix prochaines ? N'hésitez pas à partager vos expériences avec le hashtag : #10ans ! »

Le hashtag était devenu viral en quelques heures !

Voilà, c'était Élisa, vous connaissez maintenant l'histoire de ma grand-mère hors du commun : elle fête cette année 10 ans de lâcher prise, d'imprévus, 10 ans à vivre chaque jour comme le dernier ! Vous pourrez trouver son livre *Vivre sans routine* la semaine prochaine en librairie !

Je vous laisse les amis, je vais l'accueillir cet après-midi pour son premier saut en parachute à 85 ans ! Elle montre sûrement encore que quel que soit notre âge, il ne faut pas avoir peur de sauter dans le vide. Merci d'avoir écouté ce podcast ! À bientôt !

Photos de classe

<u>Bonjour Monsieur le maître d'école,</u> Bourvil

> *Malgré le temps qui s'envole*
> *Il en est pas moins vrai*
> *Que les souvenirs d'école*
> *Ne s'oublient jamais.*

Depuis toujours, il y a plusieurs journées importantes au cours de l'année scolaire : la rentrée bien sûr, le jour d'une sortie scolaire ou les départs en voyage, le dernier jour, le spectacle de fin d'année et celui de la photo de classe.

Ce matin, c'est un jour spécial et la maîtresse a voulu nous lire un passage d'un de ses livres préférés ! Le texte, c'est *La photo de classe* de Sempé-Goscinny écrit dans le livre <u>*Le petit Nicolas.*</u> Il commence ainsi :

« Ce matin, nous sommes tous arrivés à l'école bien contents, parce qu'on va prendre une photo de la classe, qui sera pour nous un souvenir que nous allons chérir toute notre vie, comme nous l'a dit la maîtresse. »

Sur ces photos de groupe qui marquent une année, il pourra y avoir :

• un maître remplaçant qui n'aime pas les photos mais qui se prête au jeu parce que cette année les petits sont sympas,

• une fille qui a particulièrement soigné sa coiffure et une autre qui a mis un énorme serre-tête à fleurs (dont elle rira plus tard mais aujourd'hui, elle le trouve très classe pour la photo !)

• un garçon qui aura oublié que c'était le jour de la photo, donc sera un peu débraillé comme d'habitude,

• une ATSEM[21] qui adore son métier, toujours souriante et volontaire,

• une fille qui sourit fièrement à côté de la maîtresse car elle est plus grande qu'elle (on la cherchera d'ailleurs sur la photo !)

• une autre fille qui rêve un jour d'être à la place de la maîtresse (et qui réalisera son rêve !)

---

[21] Agents Territoriaux Spécialisés des Écoles Maternelles

• un petit bonhomme qui se sent bien dans cette école parce qu'à la maison ce n'est pas super en ce moment, et que c'est son secret,

• un garçon qui reviendra dans quelques années quand il apprendra son redoublement en 3ème, juste pour se faire un peu consoler par cette maîtresse qui restera importante pour lui,

• une maîtresse fière d'être là avec ses élèves et qui a aussi soigné sa coiffure et sa tenue !

• une fille qui aura déchiré son collant pendant la récréation,

• un garçon qui en a marre d'être au premier rang car il est trop petit,

• une fille qui a honte d'elle et qui voudrait disparaître, qui ne voulait pas venir aujourd'hui mais n'a pas eu le choix, alors elle se cache au deuxième rang en espérant qu'on ne voie pas son embonpoint… Quelques années plus tard, elle se fera photographier en tant que top model et s'aimera enfin !

• un garçon dont le regard sera figé vers son amoureuse secrète,

• un garçon, c'est le fils de la maîtresse et il boude un peu parce que c'est parfois énervant – pour rester poli – d'avoir une maman maîtresse,

• une fille qui travaillera plus tard à la caisse de l'hypermarché d'à côté et qui ne reconnaîtra pas la maîtresse quand elle viendra faire ses courses,

• une fille qui se dit qu'elle est peut-être amoureuse de sa voisine de classe mais elle a bien compris qu'elle ne doit pas en parler (elle attendra quelques années avant de l'assumer),

• un garçon qui rêve de devenir footballeur pro, pompier ou cosmonaute/astronaute,

• une fille souriante mais discrète qui ne parle pas beaucoup devant la classe mais qui s'en sortira toujours,

• un élève absent qui n'apparaît pas et qu'on pourrait avoir oublié, mais on se dira : mais si, il était bien dans cette classe pourtant ?!

• une fille qui arrive d'un pays étranger et qui est encore en apprentissage du français. Elle apprend vite selon la maîtresse, elle restera dans son souvenir l'exemple de l'enfant qui s'adapte à tout, et la maîtresse restera un joli souvenir dans la tête de cette petite fille,

• un garçon qui trouve très cool ce qu'on fait avec la maîtresse cette année mais qui pense que ça manque de sport (E.P.S.),

• un élève accompagné de son AESH[22] et qui a encore du mal à sourire et à fixer l'objectif : c'est comme pour le reste, il va à son rythme,

• un garçon qui avait une sorte de phobie scolaire, qui ne parlait plus en classe et qui s'est adapté et s'est remis à communiquer, depuis il est tellement bavard que la maîtresse lui fait souvent les gros yeux,

• une fille qui développera une phobie scolaire au collège et cela attristera la maîtresse quand elle l'apprendra… (ça n'arrive pas qu'aux autres !),

• un garçon qui ne sait pas très bien lire, alors il est content de sauter la lecture aujourd'hui pour sourire sur la photo, ça, il sait faire,

• un garçon qui sait qu'il va bientôt déménager et changer d'école, il espère juste recevoir cette photo avant son départ,

• un service civique qui décidera à la fin de cette année de devenir professeur des écoles,

---

[22] Accompagnant des Élèves en Situation de Handicap

• une fille TDA/H[23] qui est fière de pouvoir poser près de ses camarades de classe ; en apparence, sur papier glacé, elle est comme les autres,

• un garçon, doux rêveur, un peu poète, souvent brouillon, désorganisé et qui oublie toujours un truc,

• une fille, un peu jalouse de sa sœur jumelle,

• une fille qui ne sourit pas car elle déteste son voisin sur la photo et qu'en plus elle vient juste de se disputer avec sa meilleure copine à la récré… Cette photo, c'est le cadet de ses soucis,

• un garçon qui sait qu'il n'achètera pas la photo parce que déjà la cantine c'est pas évident à payer pour sa maman, alors les souvenirs en photo… Il prépare déjà son dessin qu'il offrira à la maîtresse à la fin de l'année parce que les cadeaux non plus, c'est pas dans le budget. Mais il a vu le classeur souvenirs de la maîtresse alors il sait que ça lui fera autant plaisir et qu'elle le gardera, « surtout qu'il a plutôt un beau coup de crayon »,

---

[23] Trouble Déficit de l'Attention avec ou sans Hyperactivité

• une AESH qui se dit qu'elle pourrait sûrement faire mieux que la maîtresse,

• une ATSEM qui en a plein le dos de ces élèves et du ménage, qui se demande si enfin elle aura la mutation qu'elle a demandée,

• un garçon qui se demande ce qu'on mange à la cantine ce midi,

• une fille qui attend impatiemment l'heure de la sortie pour retrouver son téléphone adoré et ses applis favorites,

• une fille qui ne le sait pas encore mais qui sera très heureuse de revoir la maîtresse des années plus tard (pour l'instant, elle l'agace avec ses tables de multiplication, dates en histoire, règles d'orthographe et conjugaisons…)

• une maîtresse (ou un maître, professeur ou professeure) dont ce sera la dernière photo de classe et malheureusement pas pour cause de retraite… (Hommage à ces collègues emportés par l'horreur de la vie : agressions, terrorismes, suicide, maladies… Reposez tous en paix.)

Des élèves, des adultes, tous partageant ensemble le temps d'une année scolaire, qui construisent un avenir et construisent petit à petit les bases du monde de demain.

On a tous ces souvenirs, bons ou mauvais, d'école. Ces photos reflètent une partie de chacun, de son enfance ou de son adolescence... Il est parfois beau de s'arrêter sur ces visages figés pour aller plus loin derrière et réfléchir aux émotions, chercher derrière l'image et caresser l'enfant intérieur qui nous parle en silence... Aller plus loin que le clic, voilà le projet pour demain...

Photomaton, souvenir emprisonné

... La vie est belle le destin s'en écarte
Personne ne joue avec les mêmes cartes
Le berceau lève le voile, multiples sont les routes
qu'il dévoile
Tant pis on n'est pas nés sous la même étoile.

Cette photo, c'était la seule chose qui lui restait, la dernière preuve que leur relation avait existé, qu'ils avaient été heureux et pleins de projets… Oui, pleins de projets jusqu'à ce qu'ils prennent la mauvaise direction.

Maintenant ces quatre clichés noir et blanc punaisés sur ce mur montraient leur bonheur. Chaque image comme une pellicule d'un bonheur enfui. Lui, le nez dans son cou à la recherche du bouton de déclenchement. Eux, éclatant de rire. Elle qui l'embrasse sur la joue pendant qu'il fait une drôle de grimace. Sur la dernière, lui qui utilise une mèche de cheveux pour en faire une moustache et elle qui sourit simplement. Ces photos datent de leur dernier rendez-vous, une photo instantanée dans la gare où ils s'étaient donné leur dernier baiser.

Officiellement, il devait la rejoindre quelques jours plus tard pour prendre un avion direction l'Australie. Il devait laisser son van chez une vieille tante près de Tours. Ils le récupéreraient à leur retour dans un an. Officieusement, il avait accepté un dernier « voyage » pour mettre plus de côté, s'assurer un meilleur pactole et offrir un peu plus que de l'amour et de l'eau fraîche à Sophie… Aujourd'hui, il s'en mord les doigts. Tout aurait pu être si simple et pourtant il avait dû s'effacer : il avait échoué. Le destin l'avait décidé ainsi !

À chaque fois que le maton rentrait dans sa cellule, il lui souriait de manière sympathique en regardant la photo-cabine et lui disait : « Que guapa ! Elle est jolie, la petite, elle ne viendra pas vous visiter ? » Le maton espagnol parlait ou baragouinait un français plutôt classique mais c'était le seul dans cette prison à connaître un peu sa langue maternelle. Alors, ça lui réchauffait un peu le cœur d'échanger dans la langue de Molière.

Bien sûr, il ne pouvait pas lui raconter comment il avait été con, comment l'appât du gain l'avait rendu débile au point de tout perdre en un crissement de pneus. Il ne pouvait pas avouer qu'il pleurait chaque nuit. Il ne réussissait pas à atténuer cette douleur dans sa poitrine qui le perforait depuis huit mois, depuis cette fameuse nuit. Ce go-fast raté qui l'avait envoyé dans ce trou pour quelques années… Il savait qu'il n'avait qu'à bien se tenir et rester tranquille mais il ne voulait pas demander de retour en France. Il n'y avait que Sophie et il ne voulait pas qu'elle le voie derrière les barreaux. Être la femme d'un incarcéré, ça ne lui ressemblait pas et puis il était plus en sécurité ici !

Oui, plus en sécurité parce qu'il n'avait pas seulement été arrêté pour un simple transport. Ça avait été un carnage, le *narvalo* avec lequel il effectuait le trajet ne savait pas lire et ils avaient dû convenir d'un code par S.M.S. pour communiquer pendant le voyage. Son comparse écoutait la musique bien trop fort dans sa voiture : une vraie discothèque… Ils n'avaient pas entendu le bip du message qu'on leur avait envoyé pour leur signaler que la guardia arrêtait des véhicules.

Bien sûr comme l'autre était idiot, il avait continué au lieu de s'arrêter et comme il était complètement timbré, il avait ouvert le feu... Il vivait un peu comme s'il était Tony Montana. C'était le neveu du commanditaire, un certain Michel, dit *le Russe*, en référence à sa consommation de vodka et sa folie. Il avait pas mal séjourné à l'ombre mais s'était rangé en jouant le patron innocent depuis des années. Le gars avait tué deux gardes de la Guardia Civil. Lui, était aussi tombé sous les balles comme son héros cinématographique. Un fou, un cauchemar éveillé pour Tom, une chute dans un précipice, un trou noir ! Il risquait beaucoup en Espagne mais encore plus en France où le Michel le tiendrait sûrement responsable de la mort de son neveu. Il n'avait qu'à se taire, accepter son terrible destin... Cela ne pouvait pas être pire que le foyer où il était depuis l'âge de dix ans, ni les familles d'accueil avant.

Cette cellule lui offrait une pause, une mise à l'abri, plus spirituellement, une mise en garde karmique, un signe... Sans doute, ne devait-il pas partir avec Sophie en Australie, il ne la rendrait pas heureuse et sa vie serait un échec.

Il acceptait cette punition sans faire de vagues en l'honneur de celles sur lesquelles il aimait surfer. Pour disparaître, peut-être par honte aussi. Il n'aurait jamais dû faire ça, c'est tout. Il avait de la tristesse pour ces hommes qui avaient été tués. Il ne voulait pas se défendre et c'était déjà une chance que la presse française n'ait pas été mise au courant de l'affaire ! L'affaire était restée locale, il ne sait pas par quelle chance. Peut-être, taire l'existence de cette route des trafics !

Il regardait donc chaque jour ce tirage photomaton du fond de cette cellule de prison pour s'évader un peu, beaucoup, passionnément... À la folie, pour éviter de devenir fou, fou de douleur d'avoir laissé filer ce bonheur, cette fille, la femme de sa vie ! Il savait que sa disparition allait sans doute la dévaster. Il espérait moins qu'il ne le craignait !

Sa libération à ce sujet arriva un matin avec le courrier et le surveillant : *« Une lettre pour vous, niño ! »*

C'était un courrier de Michel. Une lettre écrite dans un français approximatif, Tom tremblait de savoir ce que le patron lui voulait ! De manière sous entendue, il le remerciait de son silence et lui faisait comprendre qu'il gardait son van et qu'il pourrait le récupérer à son retour. Une autre information transperça le cœur de Tom mais mit aussi un point final à sa culpabilité amoureuse. « Une petite qu'est venue et qu'a vu ton van. Une belle gonzesse, elle a posé des questions, elle cherchait ta tante, j'ai dit que c'était moi, la tata, et que t'étais parti au pays des kangourous ! »

Michel, sans vraiment le vouloir, ni le savoir avait sans doute avec ces mots, entériné leur rupture. Au moins, il savait que Sophie l'avait cherché, même s'il ne se pardonnait pas le mal qu'il lui infligeait... Il paierait le prix, il continuera de regarder cette photo qui jaunira, s'abîmera au cours des huit années où il restera enfermé. Elle vieillira avec lui et restera le lien avec son rêve qu'il espérait pouvoir réaliser à sa sortie... Il le fera proprement, seul et en hommage à une relation qui aurait fait de lui un homme s'il n'avait pas été une dernière fois le gamin perturbateur et terrible qu'il avait été avant leur rencontre, le petit Tom. Malgré tout, grâce à cette colonne de photos, Sophie restait dans son horizon. Cette colonne telle un phare dans sa nuit, une lumière pour préparer son avenir et effacer ce qu'il avait raté.

Photo divinatoire : Je(u) de mémoire

*L'oubli est un espace
Que personne ne comprend
Mais pour elle c'est la place
Qu'enfin son âme reprend.*

Je savais que ce serait ainsi. Tous les week-ends se suivaient, se ressemblaient... Mornes... Tous les week-ends depuis le départ de Luc. Avant, c'étaient la fête, les lumières, les rires, la musique et les faux-semblants peut-être... Sûrement...

Dimanche matin, huit heures, la nuit avait été courte, sans sommeil, sans rêve et sans repos...

Un dimanche gris de mars, froid et pluvieux... L'hiver perdurait : je partis marcher au hasard. Cela me ferait du bien, me fatiguerait peut-être. À l'angle d'une rue, je découvris un vide-maison. Une femme, la soixantaine, m'accueillit. Elle m'expliqua que c'était un lieu de troc, que je pouvais entrer et échanger ce que je voulais.

C'est d'abord un jeu de solitaire en bois qui me fit avancer mais une seconde boîte attira également mon attention. Un revêtement en carton sur lequel était inscrit : *JE(U) DE MÉMOIRE et si vous retrouviez ce que vous avez perdu ?*

La femme m'expliqua que si ce jeu me faisait envie, je devais tenter la partie mais que je ne devais pas tricher. Seule la case blanche pouvait m'octroyer une pause et je devais me laisser guider et avoir confiance ! Elle avait ajouté : « Une fois que vous aurez réussi à retrouver tous les duos, vous aurez gagné : c'est une partie en solitaire contre soi-même... Passez la main ensuite en expliquant les règles. Grâce à lui, je pars d'ici vivre enfin ! »

Sans trop réfléchir, j'échangeai mon bonnet et mon écharpe. C'était à Luc, un ensemble quasi neuf : le dernier cadeau que je lui avais fait ! La femme sourit et me remercia : elle me confia que cela lui serait utile où elle allait ! Le moment était bizarre, comme suspendu... J'étais assez excitée de mon échange : avais-je en main une version particulière de Jumanji[24] ?

---

[24] Film de 1995 réalisé par Joe Johnston

Je rentrai vite à la maison et découvris que le jeu ne disposait que de neuf cartes ! Ne m'étais-je pas faite avoir ? Dépitée, je relus quand même les règles : *Déposer les 9 cartes sur le support en plastique sans regarder les photos représentées. Retourner les cartes deux par deux pour trouver les duos : découvrez petit à petit la signification profonde de ce je(u) de mémoire.* Voilà le jeu était bien complet… En même temps, qu'aurais-je perdu ? Un ensemble en laine qui me rappelait de mauvais souvenirs ?

J'avais une stratégie simple et j'étais imbattable sur un grand Mémory, alors comment ce petit truc pourrait m'occuper une journée entière ?

Première ligne, première case : la photo d'un camion et d'un micro me fit prendre un temps d'arrêt… Jeu de mémoire… Cette carte représentait Luc, notre activité d'animation de fête, de mariage, d'anniversaire, de bal… Comment était-ce possible ? Tel un oracle et dès la première carte, ce jeu mettait le doigt sur ce qui me hantait : cette rupture, cet affront, cette douleur, cet abandon… Larguée comme une vieille chaussette, un véritable vaudeville ! Luc était parti avec une mariée ! Du jour au lendemain, j'avais tout perdu : mon travail, mon compagnon et mes espoirs. Mais finalement n'avais-je pas été naïve, n'avais-je pas voulu ne rien voir ? L'attitude de Luc, son côté séducteur, ses défauts, ses absences, ses oublis… Il aurait pu être marié, je ne l'aurais pas su… Trois ans de déni sans doute pour un confort, une routine et la pression sociale d'être en couple… même malheureuse.

Deuxième ligne, troisième carte… Une maisonnette avec des hortensias ressemblant à ma maison de famille : celle de mes grands-parents… Deuxième sursaut : ce jeu lisait-il vraiment en moi ? Y aurait-il les mêmes images si je n'avais pas respecté la règle ? Je suis bien trop superstitieuse pour essayer ! Je suis capable de faire demi-tour si un chat noir me passe devant… Cette maison : mon autre doute… Fermée depuis six mois, depuis l'accident de grand-père qui avait ouvert son placement en maison de retraite spécialisée… Cette étourderie de trop avait levé les doutes sur ce que l'on pressentait depuis trop longtemps : l'autonomie de cet homme était un danger pour sa vie.

Pourquoi n'y allais-je pas pour oublier ce vague à l'âme ? Définitivement, ce jeu me faisait trop gamberger ! La journée prenait une drôle de tournure ! Je me décidai à retourner un nouveau duo…

Troisième ligne, première carte : une photo d'accordéon sur lequel étaient dessinés une fleur et un oiseau… Décidément… Des symboles éclectiques pour certains mais qui me ramenaient bien à une seule personne… Ce grand-père ! Je savais que son état se dégradait de jour en jour et je préférais mettre un voile sur cette douleur… Et si finalement la solution à tout ce bordel était de le retrouver et de reprendre contact avec ce morceau d'enfance ?

Carte suivante : deuxième ligne, première carte… Le camion et le micro ! Un premier duo trouvé en à peine cinq minutes et déjà l'envie irrésistible de tout ramasser : les souvenirs, les photos, les cadeaux, les affaires oubliées, tout ce qui me ramenait à cet amour toxique… Je décidai donc de me confronter à ce que je ne voulais pas faire depuis des mois. Deux heures plus tard, délestée de deux sacs poubelle, je me sentis simplement sereine… Jeter à la benne ces vestiges d'un passé malheureux me délestait d'un de ces poids ! Enfin !

La décision était prise, j'allais rejoindre ma maison d'enfance à deux heures de Paris. Le jeu rangé dans sa boîte attendrait le prochain tirage… Avant de partir, je voulais quand même repartir saluer ou même interroger la dame du troc-maison mais je ne retrouvai jamais sa rue… Ça m'arrivait parfois mais ayant un peu de route, je me résolus à partir…

Juste avant la nuit, j'ouvris la porte sur le jardin où, malgré l'hiver, la nature avait repris ses droits. Dès le pied posé dans cet ancien univers, les différents effluves me rappelaient des images enfouies d'un temps où tout n'était qu'insouciance…

Sur la table en formica, je posai le jeu : première ligne, troisième case… Une carte blanche… Une pause donc…

Drôle de dimanche. Alors qu'au réveil, mon mal-être des derniers mois était très présent, je me sentais ce soir plus légère, enroulée dans l'édredon familial gonflé de plumes, comme dans un cocon... Je savais que le lendemain j'affronterais une nouvelle part de moi-même.

Devant l'EPHAD, mon cœur battait avec toujours la même question : allait-il me reconnaître ? La dernière fois, son regard avait été si vide et pourtant j'avais eu l'impression qu'il me couvait du même amour qu'il avait toujours su me donner... C'est Luc qui m'avait convaincue de l'inutilité de ces visites et bêtement, je m'étais rangée à contre-cœur à son avis...

Je le reconnus tout de suite avec son éternelle casquette et pourtant il était si maigre. Il passa à côté de moi sans un regard... Je me positionnai face à lui, le regardai et souris. Doucement comme une étincelle dans son œil d'où une larme perla ... C'était sûr : enfermé dans ce corps, communiquant à peine, les doux regards échangés et certains gestes montraient pourtant qu'il me reconnaissait. Je savais qu'il était démuni, qu'il voulait échanger et que les mots étaient bloqués comme dans un sas impossible à ouvrir... Alors c'est moi qui parlais, qui parlais pour deux, qui me souvenais, qui affrontais cette saloperie de maladie qui efface la mémoire et nos souvenirs.

Magie du moment… C'est mon grand-père qui s'arrêta devant le panneau de l'entrée. Une affichette signalait que le centre cherchait une animatrice pour mettre en place des ateliers… C'était mon métier : pour les enfants certes, mais ne pouvais-je pas au culot proposer mes services ?

Ma rapide entrevue avec le chef de service nous permit de conclure à une période d'un mois d'essai. Malgré mon manque d'expérience avec le troisième âge, l'urgence du besoin, mes propositions d'activités à faible budget et ma motivation avaient été assez convaincantes… Mon salaire était loin de celui que j'aurais pu demander mais après tout c'était le jeu… La seule condition était d'intégrer mon grand-père à toutes les activités… Cela me convenait : la partie continuait.

Le lendemain, pour cette première activité, j'apportai un tas d'objet de jardinage trouvés dans la remise de la maison, mais aussi des pots, du terreau, des arrosoirs et des graines. Revenir à la terre et planter des graines… Enfant, grand-père m'avait tout appris et il continuait : il prenait la terre à pleines mains, creusait et plantait… Il montrait à ses voisins les gestes, c'était presque lui qui animait l'atelier. Je caressais du regard ce groupe âgé qui consciencieusement retrouvait peut-être dans un calme serein des bonheurs envolés… Cela avait été une réussite, même si l'activité avait dû se terminer par un bon brossage de mains… Un premier pas était fait…

J'ai aussi retrouvé ce jour-là un œil pétillant sur moi quand un infirmier, au milieu de toutes les félicitations, m'avait lancé : « Décidément, quel cachottier ce grand-père, il avait omis de me parler de sa formidable et charmante petite fille… » Son clin d'œil scella entre nous une première connivence comme une sorte d'amitié ancienne. Son sourire fit s'envoler au creux de mon ventre comme de drôles de papillons.

Sitôt rentrée à la maison, je décidai de retourner une nouvelle carte : celle du centre… Un envol de papillons ! Décidément… Comme un mot qui revenait et un visage qui me souriait pour une deuxième fois aujourd'hui. Vers quoi devais-je m'envoler ? La deuxième carte du jour, la dernière de la troisième ligne : à nouveau la maison de mon enfance... Revenir ici, quitter la grisaille parisienne, la grisaille de ma vie, ralentir vraiment... Ici, je me sentais chez moi et même si les placards regorgeaient de boîtes de conserve ou de paquets de pâtes datant parfois de 2011. J'étais prête à faire un peu le vide pour faire le plein dans mon cœur... Troisième décision en trois jours, je décidai de retourner les deux cartes de cette maison. Je validai intimement ce nouveau départ... Il restait cinq cartes sur le plateau. Je retournai à nouveau la carte blanche.

Étant donné ma situation, mon nouveau travail, les locataires en demande, le propriétaire de mon logement meublé accepta sans broncher ma demande de départ sans préavis... C'est seulement avec quatre cartons et un sac de voyage supplémentaire que je revins le mercredi midi après un aller-retour express.

J'avais juste le temps d'organiser une nouvelle après-midi festive au centre. Je me souviendrai longtemps de cet air de kermesse : pêche aux canards, jeu de quilles, lancer de palets, chamboule-tout et chaise musicale ! Des adultes retrouvaient simplement leur âme d'enfant et ce spectacle éloignait la mélancolie du lieu.

Les activités se poursuivirent jour après jour pendant quelques semaines, rappelant à chacun des plaisirs d'autrefois. C'étaient des danses de salon que Marie, danseuse professionnelle des années 1960, montra un jour… Je valsai ainsi au rythme d'une tortue avec grand-père… Les activités avec des ballons ou raquettes plaisaient aussi mais c'étaient sûrement les ateliers musicaux qui enchantaient tous les résidents et les soignants ! Chacun avait voulu sortir son instrument ! Monsieur Raymond avait sifflé dans son harmonica un petit air du grand cerf dans la forêt. L'infirmier sympa, Manu, avait amené sa guitare et je ne cache pas qu'il me jouait cet après-midi-là une petite sérénade… Je chantonnai des airs d'époque… d'Aznavour, Brel, Piaf, Bourvil ou Distel…

J'avais aussi eu envie d'organiser un salon à l'ombre des arbres avec des récupérations de chaises longues ou de jardin et une table basse. Les familles des résidents avaient été tellement heureuses de ces nouvelles animations qu'elles avaient été très généreuses. Grand-père avait retrouvé sa chaise longue à grosses fleurs orange du grenier que j'avais dépoussiérée. Il s'y endormait souvent. La carte blanche était toujours retournée sur le plateau… Je voulais savourer ces doux moments, je savais qu'il me restait l'accordéon ou les papillons… Je voulais encore voir fleurir dans ses yeux ces instants qui le ravissaient et qui rattrapaient pour moi ce temps qui se perdait, ce temps que j'avais perdu moi aussi en m'oubliant… Il me prenait la main quand j'arrivais, m'accompagnait et restait à côté de moi. Étais-je une simple étrangère pour lui, une animatrice de la maison médicalisée au même titre que les infirmières ? Se souvenait-il qu'il m'avait portée enfant dans ses bras ? Je comprenais aussi que lui souffrait un peu plus de ces oublis. Chaque jour, j'avais ce besoin de continuer à tisser des morceaux de bonheur même fugaces dans son présent.

Je me sentais, ici, vraiment à ma place… Peut-être pour la première fois de ma vie… Trois semaines qui avaient tout changé. Mais ce matin-là, on m'annonça que grand-père était plus fatigué et qu'il ne viendrait probablement pas aux activités prévues… Manu s'approcha alors que je préparais l'atelier relaxation et observation de la nature… « C'est mon grand-père qui m'a beaucoup appris… Il suffit parfois d'observer la nature pour comprendre la vie. Il me racontait toujours des histoires et j'adorais l'écouter… Regarde cet oiseau, il s'envole avec une brindille de fleurs sauvages : c'est pour son nid. Il pense attirer une femelle ainsi… »

Manu m'avait souri et dit quelque chose dont je me souviendrai toujours… « Une sorte de Tinder à la Stéphane Plaza : il fait du home-staging ! (Il avait ri à sa blague.) Tu as fait du bien ces trois dernières semaines, je vais t'amener monsieur Jean quand même cet après-midi, cette activité sensorielle au son de ta voix lui fera du bien… » En repartant, il cueillit un brin de fleur sauvage qu'il me tendit et que je plaçai dans mes cheveux en souriant (bêtement).

Cet après-midi-là, installé sur sa chaise longue, sentant la brise sur ses joues, écoutant les oiseaux, le vent et celui des voitures de la route, ma main sur la sienne, mon grand-père s'endormit pour toujours. Vingt-et-un jours, ça avait été assez pour s'habituer, un bonus trop court mais que j'étais reconnaissante d'avoir vécu.

Les larmes coulèrent, l'absence serait difficile mais ce soir-là en retournant les deux cartes représentant l'accordéon orné de son oiseau et de sa fleur, j'étais sereine. Je dis un peu au revoir à mon enfance… Mais le souvenir de cet homme et tout ce qu'il m'avait offert resteraient en moi pour toujours…

Il fallait aussi que je laisse s'envoler les papillons. J'acceptai plusieurs invitations de Manu qui m'encouragea à me former et à monter mon auto-entreprise : un camion sillonnant les routes du département pour animer différents EPHAD... Bien entendu, son conseil était bon.

Parfois un air d'accordéon m'accompagne à la radio me rappelant pourquoi je suis là…

Je décidai de déposer ce jeu de mémoire et cette lettre dans un espace de troc rural… Le prochain joueur verrait-il les mêmes photos ? Je ne voulais pas le savoir. Le bonheur est souvent plus proche qu'on ne le croit… En nous peut-être, ayons confiance ! À vous de jouer !

Josette, férue de puzzles, scrabbles et jeux en tout genre replia la lettre trouvée dans ce jeu de mémoire trouvé au hasard d'une de ses balades au cœur de la campagne. Elle plaça les cartes et décida de retourner celle du centre. Un envol de papillons… Elle replongea soixante-dix ans en arrière… Une chasse aux papillons…

Photo en bouteille

Parfumer nos idées
Embaumer nos mémoires
Dans la blancheur d'une orchidée
Y a tant d'choses que l'on peut voir
Saisir avec le cœur
La beauté, le récit.

Courir sur la plage était la seule chose qui lui restait. Rien ne pouvait le gâcher : ni le vent, ni la pluie, ni les rafales ou les marées hautes… Mais ce matin-là, son pied heurta un objet enseveli qui aurait pu lui casser un orteil ! Une bouteille en verre à l'intérieur de laquelle se trouvait une lettre jaunie.

Paul pensa à une caméra cachée mais la plage bretonne était déserte. Vu le temps, même les véliplanchistes les plus accros avaient passé leur tour. Dans ses rêves les plus fous, il n'avait pas imaginé trouver un tel trésor un jour ! Une bouteille à la mer ! L'appel à l'aide d'une rescapée sur une île déserte ! Une promesse d'amour éternel ! Une demande d'ami venant d'outre-Atlantique ! Son cerveau élaborait les scénarios les plus fous. Lui, l'écrivain en perte d'inspiration, ne commençait-il pas à la retrouver soudainement ?

Le bouchon était légèrement rouillé mais il avait tenu bon et gardé l'étanchéité pour que le papier soit encore lisible !

Paul déroula la missive jaunie et commença à lire :

« Hossegor, 14 août 2006,

Ami de l'Océan, de l'autre côté des eaux, cher inconnu, je lance cette bouteille à la veille de la Sainte Marie, près de la statue de la Vierge, gardienne de l'Océan et de nos familles.
Nous sommes le 14 août 2006, à Hossegor, je m'appelle Camille et je ne crois pas en Dieu. Si je parle de Dieu, c'est à cause de grand-mère, elle dit toujours : « Dieu seul sait... »
Je ne sais pas prier mais je promets que si un jour mes vœux se réalisent, j'apprendrai... Ce soir, les

flambeaux inonderont la plage pour remercier Notre Dame de la mer... À tout hasard, je tente...

J'ai 16 ans, je passe l'été ici avec ma grand-mère qui tient « la maison des beignets de Grand Ma » en face de la plage de la colo. Ce n'est pas vraiment la plage centrale mais on a du monde ! Ses beignets sont, paraît-il, les meilleurs des Landes !

Maman est malade et hospitalisée, je n'ai pas beaucoup de nouvelles. Mon premier vœu bien sûr est pour elle, pour qu'elle guérisse, je l'aime tellement ! J'aime sa joie de vivre, sa liberté, sa force de caractère... J'aimerais tellement être comme elle plus tard. C'est pas commun à mon âge de vouloir être comme ses parents mais je ne suis pas comme les autres ! Mon deuxième vœu : être une adulte libre et heureuse qui suit son cœur plus que sa raison ! Car la raison n'enferme-t-elle pas et ne rend-elle pas malheureuse ? (Tu vois, je me prépare déjà au cours de philo pour la rentrée !)

Et si je suivais mon cœur, j'espère que ce sera pour suivre Samuel ! C'est le fils du prof de surf de la plage, c'est aussi mon confident. On se connaît depuis tout petits et je crois qu'on est amoureux mais qu'on ne veut pas se l'avouer !

Voilà, Notre-Dame de la mer, aide-moi et permets-moi de ne jamais oublier... »

Une photo roulée dans la lettre représentait un groupe de trois adultes et deux adolescents posant fièrement devant une boutique de plage.

Pas mal tout ça ! Paul était fébrile, la bouteille à la main et le courrier dans l'autre, il reprit son footing plus rapidement vers la maison. En sens inverse, le vent de face et la pluie ruisselant sur le visage. Il pensait que ça pourrait être le début d'une chouette nouvelle ou peut-être même d'un bon roman... Son nouveau roman, celui dont il cherchait le thème, le style depuis trop longtemps déjà au goût de son éditeur... Il vivait sur ses anciens succès et n'avait plus le goût d'écrire ...

Depuis quand déjà ? Il avait l'impression d'écrire toujours la même chose, il ne trouvait plus de noms à ses personnages et il les fuyait même... Il ne voulait plus vivre avec eux. Il avait essayé de surfer sur une série de plusieurs livres mais il s'était essoufflé et perdu au troisième opus : il se mélangeait dans les différentes intrigues... Il devenait ce qu'il ne voulait pas devenir : un écrivain alimentaire qui n'arrivait plus à puiser au fond de lui les sentiments de ses personnages. Il était épuisé… On avait parlé de burn-out… Ça l'avait fait rire : une dépression en plein hiver avec le nom d'un mois d'été ! On disait de lui qu'il avait changé depuis le succès. Ses copains ne le comprenaient plus vraiment. C'est vrai que souvent il avait préféré la compagnie de ses personnages. Son inspiration ne le laissait jamais tranquille. En plein repas ou discussion, il pouvait s'arrêter et écrire dans le petit carnet qui ne le quittait jamais et ça, on le lui reprochait. Il aimait observer la vie, les autres et n'écoutait plus forcément les conversations. Il passait pour un solitaire, un grincheux ou un égocentrique aigri. Lui qui aimait tellement la fête avant ! Mais au prix de quel faux-semblant ? Avec ses romans, il avait réussi à être lui-même : au travers de sa plume, il avait réussi à raconter ses ressentis. Un jour, tout s'était effondré : il avait essayé de redevenir celui d'avant et ses personnages s'en étaient allés…

Il était venu se réfugier, ici, dans cette baie bretonne où personne ne viendrait le voir. Il ne mangeait que des plats surgelés, buvait du vin, dormait toute la journée ou courait. Il avait coupé

les réseaux sociaux et son téléphone… Il avait
Internet seulement sur son smartphone et ne
l'utilisait même pas !

Alors courir chaque matin était ce qui le motivait
à se lever et aujourd'hui, cette bouteille devenait
une bouée ! Arriverait-il à retrouver cette
Camille ? Hossegor, il connaissait. Un de ses
vieux copains restaurateurs y vivait et tenait, en
bordure du lac, un hôtel luxueux et renommé. Il
l'avait souvent invité et Paul avait toujours
repoussé l'invitation. Pouvait-il aujourd'hui le
rappeler et jouer à l'invité surprise en plein mois
d'août ? En plein burn-out ?

Camille, en 2006, quel âge avait-elle ? Elle parle
de la philo, elle entrait peut-être en terminale : 16
ou 17 ans ? Elle aurait quel âge aujourd'hui ? 17
ans de plus ! 33 ou 34 ans peut-être ! Réussirait-il
à mener cette enquête ? Où tout cela le mènerait-
il ?

Après un passage au container de tri du verre, il
jeta la bouteille. Il avait l'impression de faire une
bonne action en nettoyant l'océan d'une bouteille
en verre vieille de dix-sept ans !

Il rentra et s'assit devant son ordinateur. Mais non, il n'avait pas de connexion internet. Devait-il reprendre son téléphone portable et le rallumer ? Par où commencer ? Prévenir son ami de son arrivée, chercher si les beignets de Grand Ma existaient toujours, ramasser ses affaires pour le voyage, trouver le temps de trajet et l'itinéraire : toutes ces réflexions l'épuisaient déjà ! Il devait reprendre ses esprits cinq minutes et s'asseoir sur le fauteuil. Il était encore transi de froid et trempé mais fermer les yeux et respirer allaient forcément l'aider !

Le lendemain matin à 10 heures, il se garait sur le parking en face de la plage. La veille, il avait eu le temps de tout ranger et de voir que la boutique de beignets existait toujours mais n'était plus si bien notée ! Son ami, Louis l'attendait pour le déjeuner : il avait donc deux heures pour retrouver la trace de cette jeune Camille. Dit comme ça, il trouvait cela un peu étrange, il commençait à douter de sa santé mentale… Il avait prévenu la vieille dame qui lui louait la maison de la plage de son absence mais lui avait quand même payé deux semaines d'avance pour garder la location : il y reviendrait peut-être pour écrire et courir… Au cours du trajet, qu'il avait préféré faire tôt le matin pour éviter les embouteillages, il avait longuement réfléchi à comment aborder Camille.

« Bonjour, j'ai retrouvé une bouteille vieille de 17 ans, ça vous dit quelque chose ? », « Bonjour, vous allez bien, vous êtes Camille ? », « Vous envoyez toujours des bouteilles à la mer, vous pensez à la sauvegarde des océans ? », « Que pensez-vous du hasard ? Suivez-vous aujourd'hui votre cœur ? » Nostalgique, grand seigneur des objets trouvés, énigmatique, culpabilisant et écoresponsable même avec un ton humoristique. Rien ne lui semblait bien…

« Un café et un verre d'eau… », c'est la seule chose qui lui était venue quand la jeune femme était arrivée pour prendre sa commande…

Derrière le comptoir, le gars qui fumait en plaisantant avec de jeunes surfeuses ne semblait pas vouloir aider la serveuse et pourtant la terrasse était déjà pleine aux trois quarts.

« Excusez-moi, vous faites toujours vos beignets ? Je venais il y a quelques années et ils étaient succulents… »

Paul avait juste réussi à poser cette question. Camille, enfin celle qu'il imaginait être la jeune femme, lui répondit…

« C'est ma grand-mère qui les faisait, on a arrêté depuis qu'elle est tombée malade, je ne vous les conseille pas … Vous seriez déçu si vous avez connu les « authentiques » … Aujourd'hui ce ne sont plus que des produits surgelés … »

« Je vais suivre votre conseil alors… »

Vers midi, après avoir observé les allées et venues des touristes, surfeurs, baigneurs, des enfants courant vers le club Mickey, et le service rapide de la jeune femme, Paul décida de rejoindre son vieil ami sans avoir osé parler de sa trouvaille de la veille à Camille. Effectivement, c'était bien elle mais le gars derrière le comptoir n'était pas Samuel ! Il l'avait plusieurs fois interpellé en l'invectivant et la priant de servir plus vite sur la terrasse.

Par curiosité, il passa devant l'école de surf et trouva bien la photo d'un jeune prof du nom de Samuel. Les amis d'enfance étaient donc bien toujours voisins… Un sourire aux lèvres, Paul rejoignit l'hôtel du lac… S'il pouvait encore agir et décider de la vie de certains idéalistes qui s'oublient comme avec ses personnages de papier, il serait tellement fier !

Louis l'accueillit chaleureusement. Il le tacla en lui disant qu'il était bien trop affûté et qu'il allait le requinquer ! Il lui concéda quand même qu'il n'avait pas trop mauvaise mine pour un nordiste ! Il l'emmena dans l'arrière-cuisine où ils partagèrent un repas gastronomique arrosé d'un bon Bordeaux. Paul eut le temps de lui parler de ce qui l'amenait : cette lettre retrouvée et cette photo.

Louis était ému. Bien sûr qu'il connaissait cette famille ! La grand-mère, Grand Ma, la reine des beignets, était morte au printemps dernier. La boutique appartenait en partie à Camille mais aussi au jeune Dom Juan dont la jeune fille s'était amourachée pendant ses études. Son diplôme de commerce en poche, un petit pécule hérité de papa, il avait racheté une partie des parts de la boutique. Il avait promis à Grand Ma de sauver l'affaire familiale ! Grand Ma avait concédé qu'il fallait un peu changer la formule. Avec ses nouvelles idées, ses économies et envies de profit, le jeune homme avait complètement transformé le lieu. En quelques étés, la boutique était devenue une simple buvette de plage sans âme et sans qualité…

Louis expliqua à Paul qu'il avait déjà proposé de racheter le fond et de le faire revivre mais ce jeune loup lui avait ri au nez… Camille était sans doute obligée de rester… Elle avait perdu sa joie de vivre mais personne ne pouvait rien y faire… Paul était d'un autre avis : « Et si je réussissais à la convaincre, tu serais toujours acquéreur ? » Louis éclata d'un rire communicatif ! Il lui dit : « Vous, les artistes, on dirait que vous croyez toujours que tout est simple ! »

Après s'être installé dans la chambre avec vue sur le lac et s'être octroyé une sieste réparatrice, Paul décida de remonter à pied jusqu'à la plage… Il s'assit à la même table que le matin. Il attendit le bon moment pour interpeller Camille :

« Désolée de revenir… Mais je devais vous parler de quelque chose : vous souvenez-vous d'une bouteille à la mer que vous avez envoyée il y a dix-sept ans ? » Les yeux de Camille s'écarquillèrent… Avait-il dit une grossièreté ? Elle lui souffla de l'attendre plus bas sur la plage vers Capbreton, à la statue de Notre Dame vers vingt heures. Il acquiesça. En attendant, il se décida à aller s'inscrire à un cours de surf pour le lendemain matin… Après tout, s'il devait être omniscient et tirer toutes les ficelles de son histoire, autant rencontrer tous les personnages !

À vingt heures, Camille arrivait à l'esplanade de la plage. Sans un mot, il lui tendit la lettre. Camille la lut et soupira : « Ce que l'on peut être bête à 17 ans ! On rêve, on voudrait tout résoudre comme par magie, on se pollue la tête de faux espoirs et on pollue les océans ! » Paul sourit et nota que la jeune fille avait le même humour que lui… Il commença un discours sur les rêves, les coïncidences, les signes qui ne sont pas liés au hasard mais bien plus au destin et aux synchronicités… Ses vœux ne s'étaient pas réalisés mais ne pouvait-elle pas encore changer sa vie ? Il racontait tout ça pour Camille mais pour lui aussi peut-être… Elle pouffa ironiquement et lui dit qu'on ne pourrait ni ressusciter sa mère ni sa grand-mère, que sa boutique familiale prenait l'eau et que sa vie était loin de celle dont elle rêvait à 17 ans ! « Vous êtes quoi, vous, une sorte d'ange venu d'ailleurs ? »

Bien sûr, Paul ne lui raconta pas qu'il broyait du noir depuis des mois et que cette simple bouteille vide avait réussi à le tirer de son trou breton dans lequel il s'enfonçait… Non, il lui parla de confiance en demain, de l'envie de réaliser ses rêves et il lui parla de Louis, son ami restaurateur qui était prêt à redonner vie aux authentiques beignets de Grand Ma… Elle lui confia son amour toujours présent pour Samuel et l'envie de le suivre en septembre prochain en Nouvelle-Zélande, au bout du monde. Chaque année, à la basse saison, il lui avait proposé des excursions fabuleuses vers tous les océans de la terre, elle avait toujours eu une bonne raison de refuser : ses études, son « grand » nouvel amour (vite tombé de son piédestal…) ou encore la maladie de sa grand-mère…

Le soleil se couchait doucement sur la mer … Camille se sentait convaincue par les mots de cet inconnu. Ils se quittèrent et Paul lui promit de reparler à Louis qui la rappellerait demain…

En rentrant à l'hôtel, Louis annonça qu'il y avait bien réfléchi toute l'après-midi et qu'il avait eu la solution : pour que cet escroc de Nicolas accepte de lui vendre ses parts, il fallait l'appâter, lui proposer une plus belle affaire. Il avait la solution. Un ami recherchait du personnel pour gérer un hôtel de luxe en Polynésie : il était sûr que ça marcherait ! « Comme dans tes romans, on dirait que tu fais ce que tu veux de tes personnages ! » Il lui fit un clin d'œil avant de lui souhaiter bonne nuit.

Le lendemain matin, Paul se présenta pour son cours de surf avec Samuel. Il n'osa pas lui dire qu'il savait à peine nager… Mais il pensait que le premier cours se passait sur le sable… En passant devant la boutique de beignets, le rideau était encore baissé et il demanda à Samuel si cela était normal. Samuel sourit : « Je peux vous dire un secret ? La boutique sera fermée quelques mois encore, je pars avec la femme de ma vie, nos vies vont changer et cette boutique va retrouver son prestige ! »

L'instant d'après, Paul était sur sa planche au milieu de l'océan et une vague le fouetta ! En sursaut, il se réveilla sur son fauteuil d'un petit cottage breton, encore mouillé, fiévreux sans doute et hagard…

Après une longue douche, il prit son smartphone : *Les beignets de Grand Ma* était fermé depuis 2016 et aucun prof de surf ne s'appelait Samuel… Paul s'assit quand même à son ordinateur et commença à écrire…

Salon du livre d'Hossegor, Juillet 2024

La file de lecteurs attendant les dédicaces se terminait. Une jeune femme lui tendit un livre qu'elle avait acheté ailleurs et qui semblait avoir été déjà lu et relu… Paul s'apprêtait à lui demander son prénom mais elle le devança : « Pour Camille, la fille de la plage… » Il en lâcha son stylo : il n'avait pas trouvé son personnage, c'est elle qui était venue à lui ! Une rencontre hors du temps… Magique… La fiction qui rencontre la vraie vie…

Elle lui raconta qu'elle avait aimé son histoire même s'il avait fait partir sa mère un peu tôt… Elle avait été en rémission et avait vécu un peu plus longtemps. Elle avait aimé repenser aux beignets de sa grand-mère. Elle s'était imaginée partir avec Samuel vivre leur belle histoire d'amour au bout du monde mais le jeune homme avait été, lui, emporté à Nazaré par une vague à 19 ans, bien trop jeune, il y a longtemps déjà... Grâce à lui, elle avait vécu une deuxième vie... Grâce à elle, il avait retrouvé le goût d'écrire et de vivre...

Dernière photo…

> _Nos absents_, Grand Corps Malade
>
> *Nos absents sont toujours là,*
> *à l'esprit, dans nos souvenirs*
> *Sur ce film de vacances,*
> *sur ces photos pleines de sourires*
> *Nos absents nous entourent*
> *et resteront à nos côtés*
> *Ils reprennent vie dans nos rêves,*
> *comme si de rien n'était.*

Quand arrive la fin, quand un proche s'en va, quand après un dernier adieu, celui qui pousse son dernier souffle nous laisse orphelin de sa vie et de notre futur commun, quelle est la dernière image qu'on garde de lui ?

Quelle photo choisit-on pour incruster la pierre froide de marbre du dernier endroit où l'on pourra lui rendre visite ? Quelle sera le portrait qui trônera à côté du cercueil fermé pour toujours et qui restera parfois le dernier souvenir d'un cauchemar cotonneux qu'on aurait préféré ne jamais vivre ? Quel visage le plus souriant possible illustrera l'article rendant hommage à notre défunt, reconnu par toute une ville ou tout un village comme une personne d'exception partie trop tôt ? Le choix de ce sourire éternel est-il aussi simple que sa photo de profil sur un réseau quelconque ?

Ce visage qu'on regardera parfois derrière le flot de nos larmes qui couleront comme un torrent impossible à canaliser… Ce sourire en coin qu'on verra parfois en fermant les yeux ou dans une pensée inattendue alors que notre regard est dans le vide. Cette image restera-t-elle comme un dernier souvenir ou d'autres viendront-ils se superposer ? Un ultime baiser, un au revoir qu'on ne pensait pas être le dernier, un fou rire qui résonne encore ou une parole échangée…

Comment continue-t-on à vivre avec ce dernier cliché ? Quelle force trouve-t-on en nous pour avancer après la perte d'un aïeul, d'un parent, d'un ami ou d'un enfant ? Comment vivons-nous ce nouvel après ? Y-a-t-il une recette, un mode d'emploi pour garder le souvenir et s'épanouir ? Continuer à vivre malgré la peine, le manque ou la colère ?

Rien ne peut être aisé : que cette absence ait pu être préparée, que les derniers mots aient pu être échangés ou que la séparation soit arrivée sans prévenir dans la violence d'un accident, comme retiré à la vie sans sommation. On ne peut pas se résoudre à oublier, à accepter, à se dire que c'est ainsi ou que c'est peut-être un nouveau chemin. Un nouveau chemin sur lequel il faut avancer avec confiance et espoir même avec un compagnon ou un guide en moins. Le regard tourné vers l'horizon, mais quel horizon ?

Combien de temps pour effacer son numéro de téléphone sur notre répertoire ? Combien de temps pour cesser d'aller regarder le fil de son compte sur le réseau social sur lequel on se taguait ? Combien de temps pour ne plus espérer le croiser au hasard d'une rue ? Ne plus l'espérer arriver à l'improviste ?

Y-a-t-il vraiment des signes qui nous rappellent ces disparus… ? Une chanson dont les mots résonnent dans notre cœur un matin plus gris, la phrase d'un livre qu'on lit quand on pense qu'il n'y a pas de sens à cette vie, une recette, un plat qui nous ramène à des saveurs d'enfance, de bonheur ou une plume qui se pose lors d'un anniversaire particulier...

Et un jour, on tombe sur une nouvelle photo, dans une boîte ou un téléphone, un vieil album ou dans un tiroir et de nouveaux souvenirs reviennent. Ils nous réchauffent le cœur et nous rappellent une vieille promesse, une envie qu'on avait laissée de côté et on se dit qu'on peut le faire… En mémoire de… Il n'y a pas de dernière photo tant qu'on garde vivants nos absents dans nos anniversaires, nos vies, nos joies et nos peines.

> *Moi, les morts, les disparus, je n'en parle pas beaucoup*
> *Alors j'écris sur eux, je titille mes sujets tabous…*
> Grand Corps Malade

Encore un soir, Céline Dion.

Là où je t'emmènerai, Florent Pagny.

Bonjour Monsieur le maître d'école, Bourvil.

La vie en rose, Édith Piaf.

Historia de un amor, Julio Iglesias.

Les anges, KRN.

Le coeurdonnier, Soprano.

Cendrillon, Téléphone.

Il changeait la vie, Jean-Jacques Goldman.

Ça, c'est vraiment toi, Téléphone.

Je t'aime, Lara Fabian.

Beau-papa, Vianney.

Famille, Jean-Jacques Goldman.

Les histoires d'A, Rita Mitsouko.

J'reviens, Kool Shen.

Désert, TidyMess.

I'll be there for you, The Rembrandts.

Je te donne, Jean-Jacques Goldman et Mickael Jones.

Je n'ai rien oublié, Charles Aznavour.

Fondamental, Calogero.

Né sous la même étoile, IAM.

L'oubli, Lara Fabian.

Mille raisons, Kery James et Slimane.

Nos absents, Grands Corps Malade.

Remerciements

Merci à ma famille, merci d'être présente et de participer à ce tourbillon qui m'inspire et qu'on appelle la vie.

Merci à mes ami(e)s et proche(s), mes collègues d'être toujours là pour me supporter.

Merci Sophie, ma « petite collègue » qui un soir de juin 2022 m'a offert un carnet pour que je n'arrête jamais d'écrire : l'ensemble de ce carnet est entre vos mains.

Merci à mes ami(e)s auteur(s) pour les échanges enrichissants et nos encouragements mutuels autour de nos écrits. (Un clin d'œil particulier aux deux mousquetaires, Nathalie Laborde et Philipe Marsan.)

Merci aux passionnés du livre qui font vivre et motivent nos activités en créant du lien avec les lecteurs par des salons, des évènements ou émissions de radio. (Nouveau clin d'œil à Karine de la librairie-café *Danser sous la plume* à Pau, à tous les organisateurs de salons et Nelly de la radio RPO)

Merci à Sophie Germaneau qui accompagne ce nouveau projet pour la réécriture et à Agnès

Brown pour cette couverture : tu as su illustrer ce que j'avais écrit et imaginé.

Merci à Dominique Guirauton pour son aimable autorisation.

Merci à Alexandra, photographe du nom : *Au cœur d'un regard*, pour son accueil et sa bienveillance lors de cette séance photo.

Merci à tous ceux qui trouveront dans ces nouvelles des clins d'œil ou des bribes de leur propre histoire, à ceux qui seront émus et touchés, et qui feront vivre et voyager ce recueil.

Souhaiteriez- vous voir d'autres clichés des amis du réveillon de la bande de Fleur ? Avez-vous aimé avoir deviné retrouver une photo de Tom et Sophie ? Vous êtes curieux de découvrir d'autres séries de photos ? Certains personnages vous troublent, vous émeuvent ?

Devenez lecteur-acteur ! Vous en voulez d'autres ? Votez en ligne ! Peut-être d'autres nouvelles à venir ou un roman ?

anecdotespourunevie@yahoo.com

ISBN : 9782322524518